Doris Zakrzewski
Zeit zum Lesen

Märchen*Kurzgeschichten*Gedichte

Bibliografische Information durch die
Deutsche Nationalbibliothek

Die Deutsche Nationalbibliothek verzeichnet diese Publikation in der Deutschen Nationalbibliografie detaillierte bibliografische Daten sind im Internet über http://dnb.dnb.de abrufbar

ISBN 9783743180758

Copyright 2017 by Doris Zakrzewski

Alle Rechte bei der Autorin

Herstellung und Verlag:
BoD - Books on Demand
Norderstedt

Titelfoto „Die seltsame Uhr mit dem Hufeisen" und Layout: Roman Zakrzewski

Personen und Handlung des Buches sind frei erfunden

gewidmet
Radek und Roman

Inhaltsverzeichnis

KG=Kurzgeschichten * M=Märchen * Gedichte

- Geschichten krümeln — G 9
- Planetar vergeht die Zeit — G 10
- Die seltsame Uhr — M 11
- Menü zum Fest — G 36
- Die Erde — G 37
- Der kleine Herr Dusel — KG 38
- Notenbriefe — G 45
- Eichhörnchen jagen — G 46
- Das Gespenst im Theater — M 47
- Wintergrün — G 61
- Das Wort — G 62
- Die wandelnde Säule — KG 63
- Und lasse dich grüßen — G 72
- Der alte Rittersporn — G 73
- Drama im Frühlingsfeld — G 74
- Das Glück auf dem Dach — KG 75
- Der Wind als Künstler — G 80
- Ginsterblüte — G 81
- Augapfel — KG 82
- Der blaue Saphir — G 97
- Der Milan — G 98
- Flug nach Barcelona — G 99

- Lila Tulpe … G 100
- Der Zauberschlitten … M 101
- Im bunten Glas … G 115
- Kiwi … G 116
- Sekunden … G 117
- Seine halbe Insel … KG 118
- Zuversicht … G 124
- Flaschenpost … G 125
- Die gläserne Gondel … M 126
- Die köstliche Luise … G 139
- Das Kirschglas … G 140
- Der Kauz … KG 141
- Sofa am Kamin … G 151
- Auf Granit … G 152
- Fünf vor Zwölf … G 153
- Minzel … KG 154
- Das Spinnennetz … G 160
- In den Wänden die Zeit … G 161
- Das hohe Wasser … G 162
- Marliese … M 163
- Sie und Er … G 177
- Die karierte Reisetasche … KG 178
- Erste Eisblumen … G 187
- Der Schnitzer … G 188
- Eisig Land … G 189

Geschichten krümeln

Aus Teufen quellen
wenn es kühl
Wölkchen vor die Münder
Verquirlen sich
zuweilen im Gespräch

Buchstaben reifen im Frost
In Frisuren knistern Worte
Geschichten krümeln auf Krägen
und
als würde das nicht reichen
klebt noch eine Graupel
an jeder Wimper

Planetar vergeht die Zeit

Planetar
vergeht die Zeit
Uhrwerke zermahlen
und zählen
ihren Hauch

Die seltsame Uhr

Der König saß auf seinem Thron und wartete mürrisch auf seine Höflinge. Ärgerlich ließ er seine Fingerkuppen auf den goldenen Armlehnen tanzen. Jeden Vormittag der gleiche Ärger. Nach der Frühstückspause musste er stets warten, bevor die Besprechung weiter gehen konnte. „Könnten sich die Herren beeilen? Wir wollen heute noch fertig werden!" rief er in den Saal, doch die Höflinge achteten nicht auf ihn.

Um sich die Wartezeit zu verkürzen, kontrollierte der König den Zierrat des Saales. Zuerst die Vasen. Es durften nur zehn sein, denn bis zehn konnte er zählen. In lückenhafter Reihenfolge baumelten zehn blaue Quasten von jeder Samtgardine. Die Überzähligen hatte er in einer dunklen Nacht abgeschnitten. In der

Ahnengalerie hingen zwei Gemälde zu viel. Inmitten eines tobenden Gewitters, hatte er die mit den Knurrgesichtern auf den Speicher getragen und hinter einem Schrank versteckt. Nun die Bücher. Hübsch sortiert nach Größen und Farben, standen in jedem Schrankfach zehn, ganz so wie es sein durfte.

Die Höflinge wanderten um den wuchtigen Tisch und schnitten Grimassen. Das wollten sie tun bis einer lacht. Der Verlierer musste am Nachmittag alle Schreibarbeiten am Tisch vor dem Saal erledigen, wo es kalt und zugig war, denn für einen der Höflinge gab es keine Schreibkammer. Die Gewinner des Spiels genossen den gemütlichen Teil des Tages jeder in einem Schreibraum. Dort legten sie ihre Füße auf den Schreibtisch, naschten Schokolade, die sie mit keinem teilen mussten, pafften Zigarren, fütterten vom

Fenster die Enten, oder sie verdösten die Zeit.

Der König horchte in die Stille des Saales und dachte: „Ich bin doch der König! Da dürfen sie nicht mit mir machen was sie wollen!" und kurvte um den Alabaster Brunnen zum Frühstückstisch, dort zählte er die Höflinge. „Zehn und einer!" rief er und sprang vom Thron. „Hagel, Blitz und Quasten! Sofort alle herkommen!" Die Höflinge wussten nicht wie ihnen geschah. Entsetzt schauten sie auf den König, der sich die Haare raufte. Vorsichtig kamen sie näher und schauten ihn verwundert an. Dieser stieß der Reihe nach seinen Zeigefinger in ihre Bäuche: „Eins, zwei, drei, vier, fünf, sechs, sieben, acht, neun und zehn und noch einer! Der ist übrig, der muss gehen!" und packte diesen beim Kragen. „Nehmen sie sich meinetwegen etwas zur Erinnerung mit! Aber nur ein Stück!

Dann gehen sie und kommen nicht mehr zurück!" blaffte ihn der König an.

Der Betroffene schwankte rückwärts zur Tür. Mit bleichem Gesicht schleppte er sich durch Säle und Gänge. Obwohl seine Füße in Pantoffeln steckten, schienen sie ihm schwer wie Eisen. Aus der Palastküche verströmten brutzelnden Enten einen Appetit anregenden Duft. Einen Moment lang war er geneigt, einen dieser Vogelbraten mit auf seine unfreiwillige Wanderung zu nehmen. Doch er entschied sich für eine Uhr, die er in einer dunklen Nische entdeckte, weil ein Lichtschein über sie gehuscht war und zitternd auf dem Zifferblatt stehen blieb. Wie er sie auch drehte und wendete, der feinen Uhr fehlte ein Tragegriff. Ihm war klar, dass er einen Umweg zum Hufschmied machen musste. Der lugte mit einem dicken Käsebrot aus der Werkstatttür. Als er seine Berufsbezeichnung hörte, stellte er das Kauen ein. Hoher Besuch vor den verräucherten Wänden der Schmiede, das war ihm neu. Hinter den Palastfenstern gafften die Höflinge. Vom Balkon drohte der König mit dem Finger. Der Hufschmied sah nur seinen Besucher und verbeugte sich vor ihm. „Befestige hier oben einen Griff, aber verschwende keine Zeit!" ordnete der Höfling an. Sofort machte sich der Hufschmied an die Arbeit. Bald saß an langen Nägeln, ein verrostetes Hufeisen auf dem polierten Schnitzwerk. Ohne ein Wort des Dankes, lief der Höfling mit der Uhr über dem verschneiten Kiesweg davon.

Im Winter wird es früh dunkel und es weht ein kalter Wind. Der Höfling hatte sich seine blaue Seidenschärpe mehrfach um den Hals und um seine Ohren geschlungen. Im einem Wald zweifelte er an sich selbst: „Clemens Holdrian! Warum hat es gerade dich so grausam erwischt? Waren da nicht genug andere, sogar Dümmere, die man hätte fortschicken können? Nun laufe ich frierend durch Täler und über Hügel, es dämmert schon und eine Uhr hängt an mir wie ein Klotz. Meine Arme werden sich gewiss verlängern, bis sie aus den Ärmeln baumeln." So stolperte er murmelnd weiter, über unbekannte Wege dahin, bis sich um Mitternacht der Mond in einem See spiegelte. Nachdem er seinen Durst gelöscht hatte, stellte er die Uhr ins Geäst und ließ sich hinter einem dichten Haselstrauch auf einen Laubhaufen fallen. Das Ticken der Uhr besänftigte ihn. Er fiel in einen tiefen Schlaf.

Am nächsten Morgen brauchte er eine Weile, bis ihn das Grauen seiner Notlage erneut erschütterte. Er war hungrig und wusste nicht, wie er den Tag überstehen sollte. Geheimnisvolle Nebelschwaden über dem See und glitzernder Raureif auf dem Geäst, konnten ihn nicht trösten. Traurig streckte er sich, probierte das Gehen mit eisigen Füßen. Alsbald knüpfte er an sein gestriges Gespräch mit sich selber an: „Nein die Uhr bleibt hier! Die ist zu schwer. Ich! Ja ich bin der Dümmste von allen, das weiß ich nun genau. Hätte ich nicht besser eine kleinere Uhr aus feinem Gold wählen können? Einen silbernen Degen? Den Vogelbraten oder besser gleich die Köchin? Diese Uhr bleibt hier!" und ging ohne sein lästig gewordenes Gepäck weiter. Plötzlich hörte er eine schnarrende Stimme hinter sich: „Lass mich nicht zurück, ich bringe dir dein Glück!" Clemens schaute sich gründlich um, aber er konnte niemanden entdecken. „Wer ist hier? Wer ist da? Will mir jemand Angst einjagen?" fragte er ins Geäste und horchte bang in die Stille. Er suchte unter Zweigen und im Gebüsch. „Lass mich nicht zurück, ich bringe dir dein Glück!" erscholl es erneut. Das Schnarren schien aus dem Uhrenkasten zu kommen. Weil er das nicht glauben wollte, versteckte er sich hinter einem dicken Baumstamm. „Lass mich nicht zurück, ich bringe dir dein Glück!" ertönte es zum dritten Mal. Clemens begann die Uhr zu schütteln, presste sein Ohr auf das Gehäuse. Außer dem Wimmern der Unruhfeder, war weiter nichts zu hören. Clemens kratzte sich hinter dem Ohr und beriet sich selber: „Und nun Clemens? Du hast ja gehört wie fein die Uhr sprechen kann! Groß schaden kann´s ja nicht, wenn du sie noch eine Weile mit dir herumträgst!" und setzte seine unfreiwillige Wanderung mit der seltsamen Uhr fort.

Zweiter Teil
Im fremden Land

Ein holperiger Weg endete vor einer hohen, endlos scheinenden Mauer. Eine Weile lief Clemens daran entlang, doch er fand keine Öffnung zum Hindurchgehen. Als er noch überlegte, ohne die Uhr darüber zu klettern, schnarrte die Stimme aus der Uhr: „Lass mich nicht zurück, ich bringe dir dein Glück!" Verärgert stampfte Clemens mit dem Fuß auf, aber dann sammelte er Gesteinsbrocken und stapelte sie zu einer Treppe. Darauf kam er bequem bis zur Mauerkrone. Aus kahler Ebene wehte der gleiche eisige Wind und brachte seine Hosenbeine zum Schlottern. Er verglich die Landschaften beider Länder und das Firmament darüber. Er fand keinen Unterschied, was ihn enttäuschte und gleichzeitig beruhigte. Seufzend löste er die Seidenschärpe, die er sich wegen der Kälte um den Kopf geschlungen hatte und band sie um das Hufeisen. Daran senkte er den hölzernen Kasten in das fremde Land. Bald wanderte Clemens mit seiner seltsamen Uhr weiter.

Gegen Mittag erreichte er eine am Meer gelegene Stadt mit einem Königschloss, das auf dem Deich wie eine Möwe hockte. Fröhliche Töne lockten ihn zum Trubel eines Marktes. Er drängte sich an farbenfrohen Verkaufsständen vorüber. Einige Händler hatten ihre Waren auf Tische ausgebreitet, andere priesen sie aus Bauchläden oder aus Körben an. Jeder hatte mit sich zu tun, nur zwei junge Bummler nahmen sich Zeit für ihn: „Schau dir den an! Der sieht aus, als wäre er von einer Theaterbühne gefallen!" höhnte der mit der blauen Mütze. Er könnte auch ein Tierbändiger aus einem Zirkus sein!" feixte der andere.

„Unmöglich! Dann trüge er anstatt einer schweren Uhr, einen Löwen auf seiner Schulter. Aber er könnte ein Händler sein. Einer der Zeit aus seiner Uhr verkauft!" antwortete sein Kollege und lachte sich krumm.

Bei Clemens prallten die Hänseleien ab wie gepfefferte Bälle gegen eine Wand, aber Kälte und Hunger verwandelten die hässlichen Worte in neue Möglichkeiten. Bald hörte er sich rufen: „Wertvolle Zeit zum Mitnehmen. Einen Taler die Handvoll!" Die Burschen lachten so laut, dass Marktbesucher aufmerksam wurden. Der mit der blauen Mütze rief: „Hört euch den Wucherer an. Einen ganzen wertvollen Taler möchte er für eine Handvoll Zeit! Wo gibt's denn sowas?" Clemens kümmerte sich nicht um die beiden. Er stemmte den Uhrenkasten in die Höhe, damit ihn auch die Leute hinter der Menschentraube sehen konnten und tönte weiter: „Gönnen sie sich heute das Besondere. Gönnen sie sich freie Zeit, frisch aus dieser Uhr!" Dass die Uhr auch sprechen kann, behielt er vorsichtshalber für sich. Einige lachten über Clemens, sie hielten ihn für einen Narren. Andere dachten ernsthaft darüber nach. Das ging solange, bis ein Obsthändler klagte: „Von morgens bis abends bin ich auf den Beinen. Heute leiste ich mir so viel freie Zeit, dass es für ein Mittagschläfchen reicht. Das habe ich mir lange gewünscht. Das ist mir des Talers wert." Auch andere schlossen sich dem merkwürdigen Handel an. Bald saßen welche an ihren Warentischen in dicke Decken gewickelt, ihre Köpfe auf die Arme geschmiegt und schnarchten. Die sonst geizige Gewürzfrau forderte ihren Mann auf, reichlich von der wertvollen Zeit zu kaufen, weil sie die Trommeltöne des Tamburins zum Tanze lockten. Auch dem Bäcker zuckten die Beine. Der nutzte die frisch erworbene Zeit für ein flottes Tänzchen mit der Metzgerin. Während die einen schliefen und die anderen tanzten, hatten die Bauchladen- und aus dem Korb Verkäufer alle Hände voll zu tun. Clemens klimperte mit Talern und kaufte sich Wurst und Gebäck. Als er meinte, dass es keiner sieht, tätschelte er den Uhrenkasten: „Du bringst mir ja wirklich Glück. Wie gut, dass ich dich nicht zurück gelassen habe!"

Durch ein Fenster seines Ladens am Marktplatz, hatte ein Uhrmacher den Fremden beobachtet und genau mitgezählt, wie vielen Menschen er wertvolle Zeit aus seiner Uhr verkaufen konnte. Nun fegte der Wind über dem Menschen leeren Platz. Er löste sich vom Fenster, trat vor den Spiegel und übte ein freundliches Gesicht. So verließ er den Laden und näherte sich dem Fremden, der sich im Schutz eines Hauseinganges noch Krümel von der Jacke wischte. „Guten Tag der Herr! Kalt heute, nicht wahr? Habe eine große Kanne Tee auf dem Herd. Es wäre mir eine Ehre, wenn ich sie in meinem Haus als Gast begrüßen dürfte!" bot er listig an. Clemens schreckte auf: „Tee, haben sie gesagt? Oh wie aufmerksam. Ja danke, warum nicht!" und stellte sich dem Uhrmacher vor: „Gestatten, Clemens Holdrian aus Zehnland!" „Oh, ein Fremdmensch, das ist ja interessant. Und ich bin George der Uhrmacher. Dort, das blaue Haus ist mein Laden mit Werkstatt!" Clemens schüttelte seinen Kopf: „Sagten sie gerade Fremdmensch? Das kann nicht sein. Durch einen Sprung über die hohe Mauer kann ich mich doch nicht so verändert haben, ich trage sogar noch den gleichen

Anzug." Hüstelnd lenkte der Uhrmacher ein: „Ach, das sagt man nur so, sie sollten mir das nicht übelnehmen." Bald darauf saßen sie in einer winzigen, überheizten Küche, vor einem geöffneten Backofen. Auf einem Backblech lag knuspriges Gebäck. Dazu tranken sie glühend heißen Tee. Mehrmals ertappte Clemens den Uhrmacher, wie er verstohlen auf seine Uhr schielte, die vor ihnen auf dem Tisch stand.

In dem kleinen Raum breitete sich ungute Stille aus. Clemens kämpfte gegen eine ungeheure Hitze, die in seinem Körper hochkochte und seinen Kopf schwer werden ließ. Wortlos zog der Uhrmacher Werkzeug aus der Schublade und machte sich daran, das Gehäuse zu öffnen. Clemens erstarrte. „Hätte er mich nicht vorher um Erlaubnis bitten müssen?" fragte er sich, war aber irgendwie zu schwach um sich dagegen zu wehren. Schon steckte der Mann seine bleiche Nase zu den tickernden Zahnrädern: „Federwerk, Schwingsystem, Zeigerwerk, alles vom Feinsten!" murmelte er und befingerte die sich jagenden Rädchen. Und immer gieriger lugte er in alle Ecken. Clemens wischte sich mit zitternden Händen den Schweiß von der Stirn. Das Verhalten des Uhrmachers machte ihm Angst. Als er aufstehen wollte, fiel er taumelnd zurück auf den Stuhl. Von da an hörte und sah er nichts mehr.

Clemens erwachte. Es war finstere Nacht. Er lag auf buckeligen Kohlensäcken und blickte auf ein vergittertes Oberlicht, indem der Sturm die Scheiben zum Klirren brachte. Der Raum roch muffig, alle Knochen taten ihm weh, seine Hilfeschreie übertönte der tosende Sturm. Clemens rieb sich den schmerzenden Rücken und tastete sich mit ausgestreckten Händen vor. Die einzige Tür war abgeschlossen. Er suchte seine Uhr. Blätterte in einem Stapel leerer Kohlensäcke, tastete auf Schränken, durchwühlte einen Kartoffelhaufen und einen Kohlenberg. Verzweifelt fragte sich Clemens, wo der Bösewicht sie versteckt haben könnte. Außerdem machte er sich Gedanken darüber, wie der schmale Uhrmacher es fertig gebracht hatte, ihn in den Keller zu bringen.

Hinter zwölf Häusern und einem Park, hatte die Königin die ganze Nacht am Fenster ihres Deichschlosses verbracht. Nun wurde es hell. Ein zwei Fluten Sturm, hatte das Meer bis an den Rand des Deiches gepeitscht. Nun drohte das schäumende Wasser darüber zu schwappen. Bei Deichbruch könnte das Schloss zerstört und die Stadt überschwemmt werden. Auf glänzendem Parkett liefen ihre Diener aufgeregt von einem Fenster zum anderen. Da raschelte Seide. Eine kleine Zofe rannte in den Saal, rückte einen Hocker heran, stieg darauf und flüsterte der Königin etwas ins Ohr. „Danke Sofie! Das ist eine wirklich gute Idee!" sagte die Königin und wandte sich um. Dort standen die Diener und warteten auf Neuigkeiten: „In der Stadt hält sich ein Fremder auf, der gestern auf dem Markt wertvolle Zeit verkauft haben soll! Wir könnten den Mann zur Rettung des Deiches einsetzen, auch wenn ich von dieser Kunst noch nie etwas gehört habe. Tatsache ist, dass wir Zeit brauchen, damit das Hochwasser abfließen kann! Geben wir ihm eine Chance!" „Wo? Wo? Wo ist denn der Fremde?" hüstelten die Diener. Die Königin ergänzte: „Man hat ihn in das Haus des Uhrmachers gehen sehen. Er ging hinein und nicht hinaus, wurde mir soeben mitgeteilt!" „Aha und was nun?" fragten die Diener weiter. „Was nun? Was nun? Laufen sie rasch dorthin und bitten sie den Zeitverkäufer, mit seiner Uhr auf den Deich, dann sieht er ja selber was zu tun ist!" Verstört schauten die Diener auf ihre weißen Handschuhe. Ihnen fiel mit Grausen ein wie sie gleich mit hauchdünnen Wildledersohlen durch eiskalte Matsche rasen würden. Verzweifelt fragten sie ein zweites Mal: „Aber wer? Wer? Wer soll denn dorthin laufen?" „Verehrte Herren! Sie sind es, die sich jetzt auf den Weg machen werden! Ich möchte sie so schnell wie möglich mit dem Zeitverkäufer und seiner Uhr auf dem Deich sehen! Punkt und aus!" dabei klatschte sie in die Hände und mit einem „Husch! Husch!" scheuchte sie die Herren aus dem Saal. Einer schnaubenden Büffelherde gleich, eilten sie los. Der

Erste jammerte: „Was machen wir, wenn die Wege aufgeweicht und glitschig sind?" Atemlos gab der Zweite zurück: „Ausrutschen, aufstehen und weiterlaufen, immerhin ist das besser als ertrinken!" Und verließen das Deichschloss, über die breite Treppe zur Stadt.

Der Sturm hatte etwas nachgelassen. Das erste Licht des Tages beleuchtete den Kellerraum. Clemens kauerte auf den leeren Kohlensäcken und horchte auf das Getrappel über sich. Irgendwas tat sich im Haus. Clemens hatte sich hinter dem Kohlenhaufen versteckt, aber dann formte er mutig seine Hände zum Trichter und schrie ins Kellergewölbe hinauf: „Hilfe! Man hat mich eingesperrt. Holt mich raus! Ich bin im Keller!" Dumpf verhallten seine Rufe an den verrußten Ziegelbögen. Clemens hob einen Balken aus den Spinnweben und bollerte damit gegen die Tür. Das Getrappel machte eine Pause, um kurz darauf wieder einzusetzen. Gepolter auf der Kellertreppe, ein Schlüssel, der rostig im Schlosskasten schabte, die Tür sprang auf.

Drei Männer in festlichen Gewändern und mit wirrem Haar, schauten herein. Einer zeigte mit dem Finger auf Clemens: „Der könnte es doch sein! Sind sie der Verkäufer von der wertvollen Zeit?" Ohne die Antwort abzuwarten, hatten sie ihn schon zur Tür hinaus geschoben: "Wo ist denn ihre Uhr? Nehmen sie ihre Uhr mit, wir müssen zum Deich!" Schon auf den Stufen nach oben, fragten sie ein weiteres Mal: „Wo ist denn nun die Uhr? Mann, warum antworten sie uns nicht? Wo uns doch die Königin höchstpersönlich schickt, sie und ihre Uhr zu holen. Sie sollen damit zum Deich und mit der Zeit aus ihrer Uhr, eine Überschwemmung verhindern!" Clemens überlegte noch, was sie mit dem wirren Gerede meinen könnten, da schnarrte von oben leise die Uhr: „Lass mich nicht zurück, ich bringe dir dein Glück!" Clemens raste die Treppe hinauf. Auf der letzten Stufe blieb er stehen und erschrak. Da stand der Uhrmacher mit dem Rücken an einen Schrank gelehnt, seine Augen funkelten böse. Einen blitzenden Degen in ausgestreckter Hand, zeterte er los: „Das ist der Dieb, der meine Uhr stehlen wollte!" Doch die Diener schoben den Uhrmacher beiseite und hielten ihn fest. Der spektakelte weiter: „Das ist meine Uhr, sie spricht sogar mit mir!" Die Diener schüttelten ihre Köpfe und waren sich einig, dass der Uhrmacher nur ein Lügner sein konnte. Clemens öffnete den Schrank und nahm die Uhr heraus, dann eilten sie los. „Haltet die Diebe! So haltet die Diebe! Sie haben mir meine Uhr gestohlen!" brüllte der Uhrmacher noch lange hinter ihnen her. Doch niemand kümmerte sich darum.

Vor ihnen lag der Deich. Auf rutschigen Stufen hasteten sie hinauf. Clemens erstarrte, so gefährlich hatte er sich das Meer nicht vorgestellt. Sein grünliches Grau schien mit dem grünlichen Grau des Himmels verschmolzen zu sein. Auf türmenden Wogen, strudelten weiße Schaumkronen. Der Sturm war fortgezogen, aber an seinem langen Schweif hing noch sein kräftiger Wind, der die Haarbüschel der Herren ständig die Richtung wechseln ließ. Wie das Herz nach schnellem Lauf noch bis zum Halse klopft, obwohl man längst zu Hause auf dem Sofa sitzt, war das Meer noch wild und spritzte den tapferen Deichrettern, eiskalten Gischt Schaum ins Gesicht.

Clemens hielt die Uhr über das Gewoge, bis seine Hände zu Zangen erfroren.

Die Diener umklammerten Clemens, damit er nicht von der Deichkrone rutschen konnte. Unbarmherzig griff der Wind in ihre Jacken, öffnete und schloss sie wie Fensterläden. Eine Möwe im fächernden Flug, flog über ihre Köpfe, als spürte sie den Zauber, der von diesem Tun ausging.

Das Meer war ein gutes Stück gesunken. Zufrieden klopften die Herren dem Mann mit der Uhr auf die Schulter. Der Königin fiel ein Stein vom Herzen. Endlich konnte sie ihren Fensterplatz verlassen. Froh gelaunt rannte sie die Treppen hinunter und öffnete den Helden höchst persönlich das Schlossportal. Sprachlos starrte Clemens die Königin an. Er vergaß seine Eis starrenden Hände und Füße. Ihn störte auch nicht, dass er sich in seinem durchnässten, froststarren Anzug kaum bewegen konnte. Und ihm war egal, dass aus seiner Uhr, das Wasser des Meeres auf die edlen Stufen tropfte. Denn vor ihm stand das Glück. In einem langen Kleid aus blauem Samt.

Der Uhrmacher musste zur Strafe alle Uhren der Stadt kostenlos reparieren. Die Wunderuhr konnte er nicht retten. Zur Erinnerung an die Rettung, erhielt sie einen Ehrenplatz im Thronsaal. Im darauf folgenden Frühling feierten sie im Schloss ein großes Fest, zu der auch alle Bewohner der Stadt eingeladen waren. Am meisten freuten sich die Köche. Endlich fanden sie Gelegenheit, die ganze Palette ihrer Kochkunst zu zeigen.

Menü zum Fest

Setzt auf die Macht köstlicher Speisen
die mit goldenem Schlitten den Magen bereisen!
Solche, die zähe Gespräche verwandeln
geneigte Herzen mit Schnittlauch verbandeln

Da prahlen die Gaumen in rahmiger Schicht
Den Rebensaft loben, uredle Pflicht
Die Gabeln spießen nur Leckerbissen
Kruste spektakelt vom Brötchen Kissen

Ein Lächeln mit würzigem Lorbeerkraut
das zwinkernd über Püree Berge schaut
und Rübchen strahlen im Butterglanz
Knödelparade um Salbeikranz

Geschmorter Hase, gebratener Schinken
über der Sauce, Koch Sterne winken
Vanille Pudding im Brombeerspiegel
und Käsestangen als Magen Riegel

Die Erde

Die Erde
wälzt sich in die Nacht
Wir können sehen
wo wir sind
und
Die Glanzlichter
beider Oldtimer
punkten wie stets
durch ihren tadellosen Sitz

Der kleine Herr Dusel

Auf dem Weg in die geheimnisvollen Gefilde, von denen nur wenige was wissen wollen, zweifelte der kleine Herr Dusel am Verlauf seines Abgangs. Er hoffte inständig auf eine baldige Wendung der Geschehnisse. Sein ganzes Leben war ein einziges Abenteuer, weil er sich ständig verirrte. Einkaufszentren mit mehreren Ausgängen, schimpfte er Kundenfalle. Selbst in der Nähe seines Wohnviertels, konnte er sich so gründlich verirren, dass die erlesene Pilzsammlung für das sonntägliche Risotto, bis zur Heimkehr verrottet war. Mit dieser Schwachstelle hatte sich der kleine Herr Dusel leidlich abgefunden, doch was er nun erlebte, schlug dem Fass den Boden aus.

Er schien sich im grenzenlosen Raum der Schöpfung wieder zu finden und wusste nicht, wie und wann er dahin gekommen sein soll. Ungewohnt leicht, schwebte er durch eine Stille bedrückendster Art. Aus dichter Dunkelheit funkelten Lichtpunkte, die ihn wie einen Artisten beleuchteten. „Das können doch keine Scheinwerfer sein?" fragte er sich bang und schaute sich gründlich um. Aber wer sollte hier nach ihm suchen? Obwohl er sich in den letzten Jahren mit dem Thema „Die Zeit nach dem Sein" beschäftigt hatte, konnte er sich an keine Prognose erinnern, die seinen jetzigen Zustand so beschrieben hätte. Kein Lüftchen regte sich ihm entgegen und als würden die Gestirne fliehen, kam er ihnen nicht näher. Er hielt Ausschau nach der Erde, fand aber im Panorama nichts Blaues. „Und wo ist der große Wagen?" forschte er weiter. Der fährt nachts von einem Kleinwagen gefolgt um den Polarstern, hatte ihm sein Vater vor ewigen Zeiten erklärt. „Wer weiß, was mein jetziger Standort aus den leuchtenden Karrenpunkten gemacht hat, hier wirken andere Elemente!" meinte er und fühlte sich grenzenlos allein gelassen. „Wenn das die Reise ins Jenseits sein soll, dann vielen Dank und wer weiß ob die Richtung stimmt!" Da war sie wieder, diese mächtige durchaus berechtigte irdische Angst. „Hilfe!" rief leise der kleine Herr Dusel ins Nichts und schaute hinter sich, weil er hoffte, dass wenigstens sein Schauder eine Spur hinterlässt.

Gedanken ließen ihm keine Ruhe. Großzügig breitete sich sein ganzes Dasein vor ihm aus, türmte Vergessenes und legte Unangenehmes drum herum. Wie zum Beispiel seine Unsportlichkeit in der Schule wirkte, andere Peinlichkeiten und kleine Bosheiten zu denen er manchmal fähig gewesen war; aber auch der traumhaft schöne Urlaub in Bulgarien und die Entdeckung seines Talents für Fremdsprachen. Er wünschte sich ein Gerät zum Abschalten der quälenden Vorwürfe und Fragen, die sich daraus ergaben, aber hier war ja gar nichts. „Wenn´s gut läuft, gelange ich in den großen Wartesaal und finde meine Leute. Läuft´s schlecht, dann, dann…..! Und? Was ist dann?" Oder: „Wie dumm war ich eigentlich? Himmel, Erde, Zwirn! Nicht einmal Zeit für eine Mittagpause habe ich mir gegönnt, nur um in den vollen Tagesplan noch mehr Beratungstermine hinein quetschen zu können. Geld auf der Bank. Pumpe im Eimer!" Er tastete nach seinem Brustkorb. Dass der nicht zu finden war, wunderte ihn wenig, aber wo war sein Bauch? „Na toll! Kein Bauch, keine Arme, keine Beine. Nichts! Nichts? Wonach mag es hier riechen? Doch nicht etwa nach Schwefel? Bloß das nicht!" Fast hätte er geheiratet. Muriel! Ach, hing sie nicht an mir wie eine Klette? Wie eine Klette? Wie dumm war das denn? Ihr einziger Fehler! Sie war zehn Zentimeter größer als ich! „Spießer, Spießer!" zürnte er schrill ins erleuchtete Dunkel. „Sie hat mich geliebt! Wirklich! Sie hat…..!" Da weinte der kleine Herr Dusel und beklagte schluchzend sein einsames Leben.

Etwas Lautes, das er sich nicht erklären konnte, stoppte seinen Tränenfluss. Gepolter ging einher mit kräftigem Rütteln. Die nachfolgenden Explosionen legten eine gleißend helle Luke zu einem Tunnel frei, durch die er in Begleitung eines glühenden Schmerzes eingesogen wurde. „Noch einmal!" hörte er jemanden schreien. Die nächste Explosion erschütterte ihn zur zitternden Körperlichkeit. „Reicht! Er ist zurück!" „Reicht! Er ist zurück!" ahmte der kleine Herr Dusel mit schwerer Zunge nach. Worte, deren Wert er im Moment nicht erkannte. "Wer ist zurück? Da ist wohl einer zurück!" lallte er weiter. Jemand zog seine Wimpern wie einen schweren Vorhang hoch und leuchtete weißglühend in die Pupillenschächte. "Ja Herr Dusel, sie sind es, der zurück ist! Herzliche Gratulation, wir freuen uns für sie!" "Das Jenseits hat mich ausgespuckt, weil ich bin unverdaulich!" kicherte er, denn er war zu der Meinung gekommen, dass seine Anwesenheit die Menschen hier zu beglücken schien und blickte froh ins grelle Licht. Eine riesige Frau beugte sich tief über sein Gesicht und betrachtete ihn auf das Genaueste. "Wollen sie mich heiraten?" fragte der kleine Herr Dusel, denn er hatte sich vorgenommen, nie mehr seine Zeit zu verschwenden. Die Frau antwortete: "Das wird schwierig, aber nun wollen wir erst mal gesund werden!" Ihre Stimme wie pelziges Schnurren, hatte ihn so abgelenkt, dass er den Sinn ihrer Worte nicht begriff. „Ich bin der kleine Herr Dusel und wer sind sie?" forschte er stoisch weiter: „In ihrem weißen Mantel könnten sie ohne weiteres die Venus sein!" fügte er der Ordnung halber hinzu. Ihrem ernsten Gesichtsausdruck entwich ein Lächeln: „Ich bin Schwester Ernestine. Heute Nacht bleibe ich bei ihnen!" Aber das hörte der kleine Herr Dusel nicht mehr. Er war eingeschlafen.

Die beiden Männer, die eine ganze Weile lauschend im Türrahmen stehen geblieben waren, nickten sich zu, dann schlossen sie leise die Tür. In mitten des langen Flures öffneten sie eine kleine Glasvitrine. Dort legten sie, vorsichtig wie eine Kostbarkeit, den Defibrillator an seinen Ort zurück.

Notenbriefe

Ein Magier, der gespannte Saiten
von seinem Pulte steuern kann
studiert die Briefe aus den Zeiten
gerät in ihren Noten Bann

Gute Antwort, die will reifen
alle Augen schau`n auf ihn
Er wird noch manche Ecke schleifen
Wohlige Schauer im Entsteh´n

Eichhörnchen jagen

Eichhörnchen jagen
um´s Borkenrund
bis zur majestätischen Loge

Das Gespenst im Theater

Ein Gespenst hauste in Gemeinschaft mit Fledermäusen in einer Höhle. Es brauchte keinen Schrank, keinen Tisch, keinen Sessel. Die meiste Zeit verbrachte es in Wald und Feld. Aus dem Nest gefallene Vogeljungen zurück legen oder Fische retten, tat es am liebsten. Oft lag es unter dem Wasser eines Bachlaufs und spukte den Forellen kunstvoll entgegen. Die Fische erschraken und sausten in ihrer Aufregung, an allen Angelhaken vorüber.

Eines Tages bekam Dolldampf Besuch vom Kollegen Rauch, der zum Grüßen zu schüchtern ist. Rauch ratterte eine Mitteilung hinunter, wie jemand der eine Schnecke in der Hand rasch loswerden möchte: „Das Obergespenst Smog hat mich geschickt. Du sollst dem Kalli auf dem Fußballplatz als Gespenst erscheinen und ihm ganz laut folgendes ins Ohr schreien: „Im Theaterkeller klemmt eine wichtige Seilrolle!" Kalli ist der Junge, der am besten Fußball spielt, sollte ich dir auch noch ausrichten!" Schwupp war Rauch verschwunden.

Dolldampf überlegte: „Was ist denn da im Busch? Kenne ich etwa einen Kalli? Nein! Störe ich ein Fußballspiel? Nein!" Pflichtbewusst, verließ es seinen blubbernden Lieblingsplatz und schwebte über Felder in den nächsten Ort. Schon von weitem sah es einen Ball, der in hohen Bögen hin und her geschossen wurde und einen Spieler, der ziemlich oft am Ball war. Dolldampf ließ sich am Spielfeldrand nieder und schaute diesem auf die Kickerschuhe. Er spielte geschickt, rempelte keinen Mitspieler an und stellte kein Bein. Er bereitete Torchancen vor und freute sich wie doll, wenn ein anderer den Ball ins Tor schießen konnte. Nach dem Spiel schwebte Dolldampf hinter ihm her. Es wollte sich vergewissern, ob der Spieler auch wirklich der Kalli war. Zuhause deckte der Junge den Tisch und war freundlich zu seinen jüngeren Geschwistern. Am meisten staunte das Gespenst darüber, dass er freiwillig seine Schulaufgaben erledigte und später ohne zu Murren noch Rasen mähte.

Dolldampf witterte eine gehörige Ungerechtigkeit. Noch ein paar Häuser, dann hatte er das Stadttheater erreicht. Hinter diesen Mauern sollte irgendwo das Obergespenst hausen. Dolldampf quetschte sich neben der verschlossenen Eingangstür durch die Wand und begann sogleich nach ihm zu suchen. Zunächst sah es sich im leeren Zuschauersaal um. Hinter dem Bühnenvorhang schwebte es über eine bunt lackierte Gebirgslandschaft zu den Fluren, dann alle Gänge aufwärts und wieder abwärts. Immer tiefer geriet es in die Burg der Kunst. Es machte ihm Spaß, durch Schränke, goldene Gewänder und Hüte zu geistern. Das durfte es auch, nur durch Menschen schweben, war Gespenstern verboten. Dolldampf fand Smog im Bereich der Unterbühne. Eingeklemmt in eine Seilrolle stierte das Obergespenst ins Leere. Dolldampf zupfte an seinem Ärmel. „Und? Hast du dem Kalli meine Nachricht ausgerichtet? Hat er sich auch ordentlich erschreckt?" donnerte Smog gleich los. Dolldampf antwortete: „Ich habe ihm noch nichts ausgerichtet, die Nachricht war so komisch!"

Smog war empört, so durfte man mit einem Obergespenst nicht umgehen. „Was fällt dir ein, du Kürbiskopp? Habe ich dir nicht genaue Anweisungen geben lassen, was du tun solltest?" brüllte es. Aber Dolldampf hatte nicht richtig zugehört, weil es bereits die Seilrolle betrachtete. „Ja, ja, doch, das stimmt!" antwortete es zerstreut und zupfte an den strammen Seilen. Obwohl es keine Ahnung hatte, suchte Dolldampf nach etwas ähnlichem wie einer Kurbel. „Verrate mir bitte, wie man als Gespenst in eine solche Maschinerie geraten konnte!" fragte es und schaute Smog vorwurfsvoll an. Smog schlug die Augen nieder und antwortete: „Nein, keine Maschinerie. Es ist die Seilrolle von der Trickversenkung." Dolldampf schüttelte den Kopf: „Könntest du mir dein Missgeschick genauer beschreiben, vielleicht kann ich dir helfen?" Smog hüstelte: „Das Unglück ist während einer Opernaufführung passiert. Ich hatte hier nur gesessen und der Musik gelauscht. Der Gesang durchrieselte mich so angenehm, dass ich mir einbildete, wieder lebendig zu sein. Außerdem hatte ich versucht, die zweite Stimme zu singen, was, wie jeder weiß, sehr schwierig ist. Plötzlich drehte sich die Seilrolle wild um die eigene Achse, riss mich mit und spulte mich auf. Dann öffnete sich über mir eine viereckige Klappe, Licht fiel ein und die Klappe senkte sich knarrend herab. Auf der Klappe stand ein gar fürchterliches Wesen. Es war in Lumpen gehüllt und schielte mir aus grünem Gesicht entgegen. Dazu sang es immer noch das Lied, bei dem ich so schön mitgesungen hatte. Kaum war die Klappe auf dem Boden angelangt, sprang es herab und floh durch diese Tür. Seitdem ist das Ding kaputt!" Dolldampf überlegte: „Aha und der Kalli kennt den Bühnenmeister, deshalb sollte ich ihm die komische Nachricht ausrichten." Smog fuhr dazwischen: „Nein, Kalli ist der Sohn vom Bühnenmeister. Wenn du denkst, dass der sich den Schaden hier im Bühnenkeller angesehen hätte, täuscht du dich gewaltig. Der faule Sack legte nur lose Bretter über das Loch auf der Bühne, wohl damit keiner hinunter fallen kann. Und das war's dann. Jetzt klemme ich seit drei Tagen und drei langen Nächten, in diesen hässlichen, kratzigen Seilen. Der Kalli sollte zu Hause erzählen, dass er beim Fußballspiel furchtbar erschreckt worden ist. Dann hätten die Eltern ihn weiter ausgefragt und erfahren, dass ein Unsichtbarer etwas in sein Ohr gerufen hatte. Nämlich: Im Theaterkeller klemmt eine wichtige Seilrolle! Wenn du meine Bitte ausgeführt hättest, wäre ich längst frei. Aber du machst ja was du willst!"

Dolldampf war froh, dass es den Kalli damit in Ruhe gelassen hatte. Nicht jedes Kind hält einen Spuk aus. Obwohl alle

Fenster geschlossen waren, fing sein Hemd an zu flattern. Es musste weg von diesem schädlichen Smog.

Smogs Geheul war bis zum Ausgang zu hören. Da bekam Dolldampf Mitleid und kehrte um. „Es muss eine bessere Lösung geben!" zerwühlte es seine Gedankengänge. Vor dem Türschild „Bühnentechnik" blieb es stehen und sah durch den Türspalt. In wirrem Durcheinander standen auf einem Regal Kartons und Werkzeuge, aber auch Aktenordner. Es entschied sich für den Order mit dem Titel „Trickversenkung." Es achtete nur auf die Titel. Die Betriebsanleitung las es einmal ganz durch, begriff aber nichts. Aber auf einer Zeichnung war ein Pult mit Schaltknöpfen und Schiebereglern abgebildet. Die schaute es sich genauer an, klappte den Ordner zu und stellte ihn zurück. Es meinte nun, das Wichtigste zu wissen.

Auf der ersten Etage zwischen den Zuschauersitzen, stand eine Kabine. Die sah aus wie ein Klohäuschen mit Glastür. Durch diese konnte man auf die Bühne sehen. Die Tür war abgeschlossen. Dolldampf blickte durch die Scheibe. Darin stand das Schaltpult, dass es von der Zeichnung kannte und unter vielen Schiebern und Knöpfen, entdeckte es den Kippschalter für die Seilwinde. Am liebsten hätte es seinen Plan sofort ausgeführt, aber es musste auf die nächste Theateraufführung warten.

Für heute Abend stand „Die Zauberflöte" auf dem Programm. Bis dahin war noch etwas Zeit. In einer der elegantesten Logen, fläzte es sich über drei rote Samtsessel und döste sofort ein.

Die Luft schwirrte von tausend Stimmen. Dolldampf erschrak. Es war in der Loge nicht mehr allein. Eine Gruppe Frauen schauten auf den Saal darunter, nun wollten sie sich setzen. Im allerletzten Moment konnte das Gespenst entkommen.

Der Bühnenmeister saß jetzt im Schalthäuschen und schob einen Schieber des Pultes nach unten und drei weitere nach oben. Während die festliche Beleuchtung des Saales langsam erlosch, wurde es still im Saal. Der riesige Vorhang fuhr auf. In der Gebirgslandschaft ging die Sonne auf und das Orchester begann zu spielen. Ein Mann in Lederhosen wanderte von einem der künstlichen Berge hinunter. Lustige Pfeifchen Töne hüpften über die Musik aus dem Orchestergraben. Auf seinem Rücken türmten sich Vogelkäfige. Die Entfernung vom Schalthäuschen bis zur Bühne, ließ ihn klein erscheinen. Er setzte sein Pfeifchen ab und begann zu singen: „Der Vogelhändler bin ich ja, stets lustig heisa hopsassa." Und weitere Personen erschienen in der Kulisse, die sprachen und sangen.

Aber Dolldampf hatte die Macht des Schaltpultes entdeckt. Unter der Fingerkuppe des Bühnenmeisters entfaltete sich eine bläuliche Nacht. Mit der anderen teilte er das Gebirge in der Mitte, die Hälften fuhren auseinander und verschwanden hinter den Vorhängen. Er zog einen weiteren Hebel und am Theaterhimmel erschien eine Frau. An silbrigen Schleiersträngen senkte er langsam die massige Sängerin bis auf die halbe Höhe. Sie war in dunkelblaue Gewänder gehüllt, die von tausend Glasperlen glitzerten. Von dort sang sie ein so schönes Lied, dass Dolldampf in Tränen ausbrach. Der Bühnenmeister erhob sich von seinem Stuhl und starrte zur Bühne. In dem Moment, wo er sich mit dem Taschentuch über seine tränenfeuchten Augen wischte, passte Dolldampf zwischen Krawattenende und Schaltpult. Mit seinem gestärkten Ärmelzipfel wippte es den Schalter der Seilrolle, drei Mal im Wechsel.

Die Königin der Nacht hatte sich in ein sanftes Pendeln gesungen, da flogen die Bretter der Versenkung hoch, fielen krachend auf den Bühnenboden und Smog segelte als ein sichtbares Gespenst der Sängerin entgegen. Die Königin stieß kräftige, gellende Schreie aus. Schreie, die sich wie Degenspitzen in die Ohren der Zuhörer bohrten. Kurz bevor das kühne Flugobjekt vor dem Gesicht der Sängerin angelangt war, verschwand es, so als hätte es sich in der Luft aufgelöst. Der Bühnenmeister fiel auf seinen Stuhl zurück und starrte entsetzt auf die Tastatur. Im

Saal entfaltete sich Gemurmel. Einige Zuschauer stellten sich auf die kostbaren Polster ihrer Sesselsitze. Sie wollten für ihr gutes Geld weitere Unglaublichkeiten erleben. Die geplagte Königin der Nacht hing drei Meter über dem Bühnenboden in ächzenden Schleiersträngen und pendelte strampelnd über die Zuschauer der ersten Reihen. Über der dritten Reihe kam sie zum Stillstand, kippte ein bisschen Kopfüber und strebte strampelnd den Rückweg an. In den hinteren Reihen hielt man die gefährlichen Verrenkungen für artistische Verbeugungen. Eine Mischung aus stürmischem Applaus, Pfiffen und Bravorufen erfüllten den Saal. Selten ging es turbulenter zu.

Der Bühnenmeister wischte sich mit dem Staubtuch den Schweiß von der Stirn. Es fiel ihm sichtlich schwer seine Arbeit fortzusetzen, doch er hielt sich an die erste Bühnenregel: „Was auch passiert, das Spiel muss weitergehen!" Er entschied sich dafür, die Sängerin noch einmal ganz hoch zu ziehen und dann wieder auf die halbe Höhe zu bringen. Er hoffte, dass sie diesen Plan als ein Signal deuten würde. Die Königin hatte verstanden und sang ihr wundervolles Lied noch einmal von vorn. Der Bühnenmeister lächelte.

Auch Dolldampf freute sich. Dieses Lied war das Beste, was es je gehört hatte, außerdem hatte die Seilrolle das Obergespenst freigegeben. Damit Dolldampf ihm jetzt nicht begegnen musste, verschwand es rasch aus dem Theater ins Freie. Dolldampf war noch nie im Dunkeln nach Hause geschwebt. Nur dreimal musste es seine Richtung verbessern. In der Höhle sang es froh weiter: „Der Vogelhändler bin ich ja. Stets lustig heisa hopsassa!"

Wintergrün

**oder Aurora
oder 3 D für Eisbären**

Sonnensturm
hängt
wehende Schleier
leuchtend
ins Polare

aus hohen Sphären
lässt er sie lohend tanzen
Zum eisigen Grund

Das Wort

Im Anfang war das Wort, ohn´ Zier
Durch dieses Wort bin ich, sind wir
Von Sternenstaub geformte Wesen
die in eigner Seele lesen
wenn sie dieses Ding entdecken
in verzweigten Sinneshecken

Dann Worte lernen, denken, sagen
und immer weiter, nicht verzagen
Worte auf Schildern um Orte zu finden
Treffende Worte
zum Kummer verwinden
Heimat, das Wort aus Klee gebunden
froh kann sein, wer das gefunden

Die wandelnde Säule

Henriette Sommer zog fröstelnd den Kragen ihres Bademantels hoch. In der Nacht hatte ein Schneesturm ihr altes Haus auf die Zerreißrobe gestellt. Heulend fuhr er in jede Lücke, steckte Schnee hinein, ließ Dachziegeln klappern und seine Bewohnerin erschauern. An Schlaf war kaum zu denken. Auf den Waschtisch gestützt, wusch sie sich Hände und Gesicht. In letzter Zeit hatte sie sich angewöhnt, jede noch so kleine Tätigkeit mit einem Seufzer zu begleiten. Wegen der neuen Hüfte lebte sie seit Winterbeginn wie eingesperrt. Lebensmittel wurden geliefert, das Schneeräumen übernahmen die Nachbarn, zur Unterhaltung flackerte der Fernseher. Um sich in Form zu halten, nutzte sie die langen Flure zum Gehtraining, mit und manchmal ohne Krücken.

Henriette erreichte das Schlafzimmer über die Nordsüdachse. Dort zog sie das Rollo hoch und bestaunte eine Schneewehe, die bis zu ihrem Fenstersims vollendet gestaltet war. Der graue Himmel war an einer Stelle aufgerissen, vereinzelt tanzten Flocken. Über den Garten hinaus, blieb ihr Blick an einem Punkt haften, der sich langsam voran schob. Henriette streifte über den langen dunkelroten Pullover eine zerschlissene lila Weste. Der Punkt war näher gekommen. Ein Mann auf dem Fußweg, parallel zur Autobahn, pflügte seine Spur in den Schnee. Er trug eine leuchtend blaue Decke über seinen Schultern. Seine goldene Kopfbedeckung wirkte übermächtig und das nicht nur, weil die Beine im Schnee steckten. „Sieht aus wie eine wandelnde Goldkugel auf blauer Säule!" dachte Henriette und schmunzelte. Nun ging sie in die Küche, drückte auf den Knopf des

Wasserkochers und zog das Rollo hoch. Hier hatte die Kammlinie der Schneewehe das Nachbarhaus mit dem ihren in einer sanften Kurve verbunden und darunter alle Beerensträucher begraben. Das erinnerte sie an Brombeergelee. Sie freute sich aufs Frühstück. Beim Teeaufgießen, mischte sich unter das Schrillen des Eierkochers die Türglocke.

Henriette starrte durch die Butzenscheiben der Eingangstür und verharrte an der Wand des Flures wie ein Schrank. Es läutete ein zweites Mal, dazu Getrampel auf der obersten Treppenstufe. „Hilfe, mein Blutdruck! Aber wenn das ein Notfall ist? Beim nächsten Läuten muss ich wohl öffnen!" überlegte sie in alle Richtungen und hoffte, dass der Mann zum Nachbarhaus weiter ziehen würde. Nun hämmerte und läutete er gleichzeitig. „Scheint wirklich wichtig zu sein!"

dachte Henriette und öffnete die Haustür um die Spannlänge der Sicherheitskette. Eisige Luft schlug ihr entgegen.

Groß und breit stand jetzt der Mann vom Schneeweg vor ihr. Eine goldene Thermofolie um Kopf und Hals gewunden, ließen nur Augen und Nase frei. Auf den Schultern seines Büroanzugs lag ein königsblaues Reiseplaid, dass er sich fest gegen die Gurgel drückte: „Gnädige Frau! Entschuldigen sie bbbbbitte vielmals die Störung. Darf ich sie um etwas heißen Tee bbbbitten?" bibberte er und hielt zitternd eine Thermokanne vor den Türspalt. Während er von einem Schneesturm auf der Autobahn, einer schrecklichen Nacht im Wagen und einer Lücke im Zaun faselte, rang sie schon mit sich, ihn einzulassen, denn der Türspalt war für die Kanne zu schmal. „Darf man einem Menschen in Not, die Tür vor der roten Nase zuschlagen?" überlegte Henriette. Sein erneutes „Bbbbitte" machte sie weich und das Lösen der Kette konnte ihr nicht schnell genug gehen.

Der Fremde wankte in die Diele. Henriette drückte ihn in den Sessel, der zur Dekoration neben der Garderobe stand. „Welch eine gute Idee bei der Kälte!" sagte sie und wickelte die Folie ab. „Die Ohren sind völlig in Ordnung!" schrie sie in eines hinein. Dann nahm sie seine eisigen Hände in die ihren. „Und meine Füße! Oh, meine Füße! Die sind wohl erfroren!" jammerte der Fremde. „Ziehen sie ihre Schuhe aus, ich bringe heißen Tee!" ordnete Henriette an und lief in die Küche.

Auf jedem durchnässten Hosenbein eine Wärmeflasche, in der Hand eine dampfende Tasse und in der anderen ein

Butterbrot, begann er zu lächeln. Es war ein Lächeln, das imstande war, Henriettes schweres Jahr fortzuwischen. Der Fremde nahm einen weiteren Schluck und schaute sie aus blauen Augen dankbar an. "Bitte entschuldigen sie, dass ich mich erst jetzt vorstelle. Heinz Winter! Und sie gnädige Frau! Haha! Sie heißen Sommer! Haha! Das ist auf ihrem Türschild sogar eingraviert. Sommer trifft Winter! Haha!" Henriette musterte ihn eine Weile: „Also wirklich! Sie heißen Winter? Wie seltsam."

Abwechselnd erzählten sie aus ihrer beider Leben bis sie die Gegenwart erreicht hatten und der Gast sich an sein Auto in der stecken gebliebenen Autoschlange erinnerte: „Liebe Frau Sommer, falls sie ein Radio haben. Bitte stellen sie den Sender mit regionalen Nachrichten ein. Ich muss ja wissen, wann sich das

Chaos auf der Autobahn löst." Flotte Tanzmusik drang aus dem Lautsprecher. Herr Winter erhob sich und lief auf den Fluren hin und her, als wäre er zuhause. Immer wieder blieb er stehen, schaute auf seine Füße und bewegte seine Zehen. „Hoffentlich haben meine Füße keinen Schaden erlitten! Frostbeulen oder so. Wissen sie zufällig, wie man das testet?" Henriette schüttelte den Kopf. Herr Winter kam auf sie zu und verbeugte sich: „Soweit ich informiert bin, wird das beim Tanzen erforscht. Wenn ich bitten darf?" Henriette meinte sich verhört zu haben, warf dennoch ihre Weste in den Sessel.

Zunächst tanzten sie von Ost nach West nach dem Song „Bongratulations". Der Walzer erforderte beide Gänge. Die Kreuzung war ideal für Drehungen in beide Richtungen. In die Nachrichten schrillte das Telefon. „Ja bitte?" fragte

Henriette atemlos. „Guten Morgen Henriette!" „Hallo Milli!" „Ich wollte dir nur sagen, dass Georg auch deinen Bürgersteig räumt, sobald der Schneepflug durch ist. Wie geht es deiner Hüfte?" „Meiner was?" „Deiner Hüfte!" „Ach so, ja. Danke gut. Seit heute ohne Krücken!" „Sag mal, ist der Kostümierte ein Bekannter von dir? Wir haben ihn vor einer Stunde in dein Haus gehen sehen und Georg macht sich schon Sorgen!"

Herr Winter drehte das Radio lauter. Henriette verfolgte mit dem freien Ohr die Nachrichten, die Nachbarin hörte durchs Telefon gut mit: „…somit wird eine Weiterfahrt der eingeschneiten Fahrzeuge, auf der Autobahn zwischen Polch und Kaisersesch, nach und nach ermöglicht. Die Autofahrer werden dringend gebeten, ihre Fahrzeuge aufzusuchen….!" „Bist du noch dran, Henriette?" Georg meint, das kann doch unmöglich noch einer von den Drei Königen sein und für Karneval sei es noch zu früh und außerdem….!" Aber das Weitere hörte Henriette nicht mehr. Sie füllte Tee in die Thermokanne, dann wühlte sie in einer Schublade nach Mütze, Schal und Handschuhen.

Nun stand Herr Winter in trockenen Strümpfen und alten Gummischuhen wieder im Schnee und lachte. „Danke für den Tanz Frau Sommer, sie haben meinen Zehen das Leben gerettet." „Nein, nein Herr Winter. Ich habe zu danken. Falls sie Krücken für den beschwerlichen Rückweg möchten, ich brauche sie nicht mehr!" „Na dann bis bald Frau Sommer!" „Ja bis bald Herr Winter!" Henriette winkte ihm noch lange hinterher und hoffte, dass sie auf ein Wiedersehen, nicht bis zum Frühling warten muss.

Und lasse dich grüßen

Unsere Brücke aus Eis
sie ist geschmolzen
Bis zum nächsten Frost
gehabe dich wohl
Das Tischchen mit dem Schachspiel
überlasse ich dem Staub
Bewahre dir deinen wunderbaren
Humor
um mehr ist nicht zu bitten
Dafür sende ich dir täglich
eine Schleie zum Gruße
Aber suche sie nicht
Sie wird dich finden

Der alte Rittersporn

Im Blumengarten vorn
da blüht ein alter Rittersporn
Er strotzt um sich
geharnischt Blau
Daneben Lila seine Frau

Drama im Frühlingsfeld

Sturm treibt
in törichter Verschwendung
Düfte aus dem Hyazinthenfeld

Das Glück auf dem Dach

Eingekeilt zwischen eisigen Gesellen, saß der Frühling auf einer Wolkenbank und sah sehnsüchtig in die Täler und Wälder, worin sich schon zartgrüne Baumwipfel wiegten. Vor allem behielt er die weißen Häubchen der Streuobstwiesen im Auge. Wiederholt versuchte er die Herren mit dem gütigen Gesicht darauf aufmerksam zu machen; gerade jetzt hinunter zu müssen, damit die Obstblüte nicht ein drittes Jahr in Folge erfriert. Doch die Frostbestreuten antworteten ihm nicht, sie saßen nur so da. Trotzdem konnte der Frühling nicht machen was er wollte, die Herren hielten ihn im Eis.

Verdrossen ließ er seine Blicke über Äcker und Wiesen schweifen, die ein glitzernder Bach kurvig durchzog. Er sah Wege, die sich verzweigten, in Waldstücken verschwanden oder jäh an Asphaltbahnen endeten. Längsseits dieser, von Autos belebten Bahnen, standen vereinzelte Häuser mit schiefergrauen Dächern. Etwas weiter entfernt, drängten sie sich hier und da zu Ortschaften. Darin schenkte der Frühling den Gärten die größte Beachtung.

Und er kannte die Menschen, die ihre Blumenbeete in Ordnung hielten. Zum Beispiel Perts Matthes, der vor seinem Haus stand. Mitte Mai und er steckte noch in der abgelegten Ski Jacke seines Schwiegersohnes, dazu trug er Schal und Mütze. Hände in die Taschen geschoben, schaute er zum Dachfirst hinauf, obwohl ihn der eisige Nordost kräftig ins Gesicht blies. Endlich interessierte sich ein Storchenpaar für das hölzerne Wagenrad, das er an dem Tag, als seine Frau auf Kegeltour war, in der Dämmerung rasch neben den Schornstein montiert hatte. Ach, was brachte diese Kleinigkeit dem Mann für Hänseleien ein, nur weil er unbeirrt, die in der Gegend seltenen Tiere, auf seinem Dach zu erwarten schien. „Steuerrad vom Äppelkahn, Hochsitz oder sogar Absperrventil!" witzelten die Dorfleute, ließen aber durchblicken, dass sie sich mit ihm freuen würden, wenn es einmal dazu käme. Nach gründlicher Besichtigung der stabilen Nesthilfe, sah sich das Storchenpaar nach geeignetem Baumaterial um. Es stakte um Büsche, suchte unter Obstbäumen, klapperte eine Zaunreihe ab. Waren ihre Schnäbel mit Zweigen beladen, riss der Wind sie fort. Perts Matthes musste sich beherrschen, am liebsten hätte er den Störchen beim Nestbau geholfen. Immer nervöser trabte er auf den Gartenwegen hin und her, blieb stehen, blickte auf sein Dach und dann ins Himmelzelt.

Auch an der Wolkenbank wirkte der Wind. Unermüdlich trieb er seine Wolken Herde vor sich her. Der Frühling konnte sich kaum noch beherrschen. Seine Befürchtung, dass die Störche ihr wunderbares Vorhaben aufgeben könnten, war nicht aus der Luft gegriffen. Er musste sich irgendwie befreien, bevor er sich vom Haus mit dem Wagenrad noch weiter entfernte. Auf der Wolkenbank wurde es ungemütlich. Der Frühling zappelte vor, wippte zurück zappelte und beugte sich wieder vor. In dem Moment, wo der Polarwind die nächsten Ästchen aus den Schnäbeln der großen Vögel raubte, stürzte der Frühling ab. Arm in Arm mit den Eisgesellen, flog er froh dem Erdboden entgegen.

Die Gemeinschaft der Wolkenbank hielt den schweren Bedingungen des Sturzfluges nicht stand. Nach den ersten hundert Metern verwandelten sich seine Gefährten in Wolken, die der Wind sogleich mit sich nahm. Und der Frühling, im glücklichen Zustand ungebundenen Schwebens, leitete sich in Perts Matthes Garten und hauchte den Störchen ins Gefieder. Da rannten sie mit klappernden Schnäbeln umher. Wonnetrunken machte sie die milde Luft und fleißig sammelten sie ein, was sie verloren glaubten.

Der Frühling dehnte und streckte sich. In viele Bahnen geteilt, schlängelte er sich durch Geäste, Baumgruppen, Täler und streifte über die Hügel. Matthes hatte sich einen Gartenstuhl an den Zaun gezogen und mit seiner Winterjacke ausgepolstert. Gemeinsam mit seinen Nachbarn beobachtete er nun, wie sich das Glück auf seinem Dach, mit vollendeter Grazie einrichtete.

Der Wind als Künstler

In seinem Streben
den Himmel zu beschreiben
schiebt der Wind
unermüdlich Wolken
zu Landschaften
vor das ewige Blau

Ginsterblüte

Goldgewölk
wie in grünen Schalen
Um Maare herum
die Hügel hinauf
Dem Blau zum Geschenk

Augapfel

Aus einem wundersamen Zusammenspiel der Planeten, war der Kleinste auf rätselhafte Weise verschwunden. Als seine Abwesenheit auffiel, meinten die einen: „Wer sich aus unsichtbarem Gleiswerk herauswindet, wird bald sehen was ihm blüht!" Andere riefen: „Sieh an, unser Globulus! Das macht ihm so schnell keiner nach!" Die ihn am besten kannten, stellten fest: „Augapfel ist zu vorwitzig, um im ewigen Trott bei uns zu bleiben."

Während sie noch an eigenen Fluchtmöglichkeiten tüftelten, hatte sich Augapfel weit von seiner Lücke entfernt. Er war auf dem Weg zum blauen Planeten, der von seinem blassen Begleiter umrundet, die Sonne umkreist. Dort wollte er heraus finden, welche Art von

Unternehmensgeist auf einem Planeten herrscht, von dem aus, seltsame Gebilde ins All geschickt werden und der bizarre Gegenstände um seine Hüften kreisen lässt.

Mit dem langen Atem der Beharrlichkeit erreichte der Weitgereiste eine Sphäre, wo das Leuchten der Erde das Dunkel verdrängt. Beinahe zärtlich sah er auf immer klarer werdende Konturen. Aus vorherrschendem Blau fielen dicke Landblöcke ins Gewicht, mit ockerfarbenen Flächen, dunkelgrauen Gebilden und grünen Klecksen, darüber wellten sich lichthelle Wolken. Dieser perfekt platzierte Planet hatte das große Los gezogen. Ein blauer Strahlenkranz rundete die Lebendigkeit der Kugel ab. „Wirklich nur ein lieblicher Schimmer? Eine harmlose Duftigkeit? Ein Nichts oder ein hinterhältiges Hindernis zum Schutz des

Planeten?" argwöhnte es durch seinen Erfahrungsschatz.

Als Augapfel meinte, in der Ferne den idealen Landeplatz gefunden zu haben, wurde er durch ein Schütteln aus weiteren Besichtigungen gerissen. Er kurvte wie auf Höckern, geriet ins Kollern, prallte ab, erhob sich, kollerte weiter, prallte ab. Diese heftigen Einwirkungen ließen ihn zu nichts anderem mehr in der Lage sein. Und dann! Er wusste nicht wie, rollte er ins Ruhige, dafür nahm er an Fahrt auf. Immer rasanter sauste er dahin. Um ihn herum knisterte und knatterte es. Im sengenden Funkenhagel wirbelnd, rot glühend, weiter und immer weiter bis es gehörig rumste und Staub hoch wirbelte. Nun kollerte er auf sichtbaren Unebenheiten weiter, über Buschwerk und Wiesen eine Anhöhe hinauf.

Das Tempo verringerte sich. Er war jetzt da.

In Stille verging die Zeit. Augapfel stand am Rand einer grünen Mulde und blickte in ein rundes Gewässer. Darin spiegelte sich eine Kugel. Aus ihrem kugelgroßen Auge, fächelten Rauchfähnchen. Nun konnte er verstehen, warum ihn seine planetaren Nachbarn „Augapfel" nannten.

Wie eine graue Scheibe lag der See im Grün. Im Hauch des Windes kräuselte sich die Wasseroberfläche. Spielten Sonnenstrahlen auf den Wellenkämmen, blinzelte ihm sein Auge wie aus einem Spiegel, vertraut zu. Die Luft war köstlich. Nach dem Mief im Weltall, die allergrößte gute Überraschung. Augapfel weidete sich an der, mit goldenen Blütenbüschen geschmückten Landschaft. Hier gefiel es ihm. Nur die Spur der

Landebahn, passte nicht in seinen Plan. Zu deutlich sah er sie zwischen sanft erhabenen Bergen, in Wiesen und Getreidefelder graviert. Er wollte die Erde möglichst unbemerkt bereisen. Fürs erste hielt er die Wolke über sich, als Versteck geeignet. Er hüpfte hoch. Doch eine unsichtbare Macht zog ihn stets hinunter und ließ ihn unsanft aufprallen. Er hüpfte höher. Tief erschüttert und mit immer mehr Krafteinsatz versuchte er es weiter. Nun hieß es, die Höhe auch halten. Mal ragte er oben, mal lugte er unter der Wolke hervor. Doch irgendwann schwebte er als ein Kapitän der Lüfte, im Nebelmeer der Wolke.

Luftströme aus dem Norden geleiteten ihn einen Fluss entlang. Vor ihm wanderte die Sonne, bis sie glutrot den Horizont erreichte und dahinter mit dem Tag verschwand. In ihrem schmaler werdenden Lichtstreifen, erreichte er noch ein Häusermeer. Über den Dächern wurde es finster. „Gerade jetzt!" schmollte Augapfel, da breitete die Nacht ihre Pracht aus.

Gefunkel rannte wie an Ketten in verschiedene Richtungen, verhängte sich hier und da zu Knäulen. Geschmeide aus weißem, gelbem und rotem Gold mit Perlen und Brillanten. Rote und goldene Lichtpunkte zogen gleißende Spuren. Und über allem, glitzernde Sterne und ein goldener Mond.

Am nächsten Tag hatte die Sonne seine Wolke längst aufgelöst. Augapfel war in den darüber liegenden Kumulus gestiegen und setzte seine Reise aus größerer Höhe fort. Eins wurde ihm bald klar, Wasser bescherte Grün. Ein endlos langer Fluss zog das Grün aus einer Wüste wie an zwei Bändern, beide Ufer entlang, bis ans Meer. Er bewunderte einen Berg mit weißer Haube, Inseln und weiße Schiffe. Aber dann entdeckte er die Zerstörung. Hässliche Maschinen, blitzten sich gegenseitig Feuerbälle zu. Obwohl jedes Land längst in Schutt und Asche, machten sie weiter. Menschenströme flüchteten in alle Richtungen und liefen zurück, als wüssten sie nicht wohin sie gehen könnten. „Worin mag nur der Sinn dieses Treibens liegen?" spekulierte Augapfel lange, dann wandte er sich entsetzt ab. Nicht weit davon entfernt, freute er sich über Menschen, denen es richtig gut ging. Sie segelten in Booten, fuhren in Autos oder saßen in Zügen. Spazierten im Park oder spielten mit ihren Kindern auf den Wiesen vor der Stadt. Bei sonnigem Wetter saßen sie vor Restaurants, aßen und tranken.

„Fährt meine Wolke tief oder sind die Gebäude so hoch?" wunderte sich Augapfel und schaute durch die hauchdünne Wolkenwand, in alle Fenster hinein. Dort liefen Leute hektisch durch lange Gänge. Andere ruhten in schicken Räumen auf grauen Polstern. Darin waren Geräte eingelassen. Drückten sie auf eine der Tasten, setzte eine Veränderung ein. Unter der Zimmerdecke erschienen Köpfe, mit denen man sprechen konnte und die reichlich Antwort gaben. Auf Knopfdruck sprudelte Wasser in Becher oder es erschien jemand in der Türöffnung.

Wegen der, an allen Ecken anzutreffenden, technischen Wunder, wollte Augapfel nun wissen, womit die Menschen diesen Aufwand nährten. An Stadträndern oder in Industriegebieten waren ihm gigantische, formlose Gebäude aufgefallen. Grelle Schilder warben für die „energie perpetu mobile" Durch eine Glasdecke konnte er auf filigrane Automaten hinunter sehen. Ihre ausladend langen Arme, an raffiniertem Gelenkwerk, waren ständig in Bewegung. Gerade fuhren einige der Schaufeln dicht unter der Glasdecke vorüber. Gefüllt, mit nur einer Hand voll Glitzerkügelchen. Rund um die, mit Zäunen abgesperrten Gebäude, brummte und surrte es. Von dort kam wohl die Möglichkeit, die Nächte in künstliches Licht zu tauchen.

Und die Menschen stürzten sich gerne in die erleuchtete Nacht. Augapfel spielte schon einige Zeit damit, sein Versteckspiel ein bisschen zu unterbrechen. Fraglos schloss er sich der Menschengruppe an, die froh gelaunt in eine Riesenhalle strömte. Über dem Gedränge im Eingangstor war noch etwas Platz. Leute kreischten! Zu spät! Hinter ihnen wurde das Tor zugeschoben.

In der künstlich besonnten Halle dämmerte es, dafür glitt in der Ferne ein Lichtstrahl über eine Erhöhung, darin glitzerte eine Frau im prachtvollen Kleid. Als sie sich verbeugte, wurde es still. Augapfel schwebte in ihren Lichtkegel und wartete auf die Wirkung seiner Erscheinung. Die Zuschauer rasten vor Begeisterung. Sie klatschten in die Hände, stampften mit den Füßen und schrien: „Helena! Helena! Helena!" Sogleich begann die Frau zu singen. Ihre herrliche Stimme bahnte sich Wege durch gewaltige, an Wänden und Decke angebrachte Kästen, nur um lauter und strahlender wieder heraus zu tönen. Alle schienen ihre Lieder zu kennen, lauthals sangen sie sämtliche Strophen mit. An Wänden erstrahlte ihr Gesicht so, dass man jede ihrer Wimpern einzeln sah. Die Sängerin war nicht mehr die Jüngste, aber hübsch und freundlich.

Alle sahen auf Helena. Helena irritierte eine Kugel, die plötzlich aus dem Dunkel neben ihr aufgetaucht war und deren Auge sie zu belauern schien. Ohne ihren Gesang zu unterbrechen, schaute sie in die seitliche Kulisse. Dort wiegten sich die Bühnenhelfer im Rhythmus der Musik, ihnen war nichts aufgefallen.

Augapfel hopste im Rhythmus der Musik, er fühlte sich großartig. „Im Ozean bist du mein Felsen!" sang sie und dann auch noch: „Ich geh mit dir wohin du willst!" freute er sich. Sie war näher an ihn heran getänzelt. Mit langen bunten Fingernägeln, kratzte sie mal hier, mal da an seiner Oberfläche. Sogar am verkohlten Pupillenrand machte sie sich zu schaffen. Und sang und sang. „Die ist so schlau und neugierig wie ich!" stellte er begeistert fest. „Wie geschickt sie den Applaus nutzte!" Beim Verbeugen ließ sie den Schal von ihren Schultern rutschen und hob ihn so geschickt auf, dass sie einen Blick unter die Kugel werfen konnte. Weil sie zu klein war, um eine Befestigung zur Hallendecke verfolgen zu können, ließ sie den Schal über die Kugel flattern. Nun lag in ihrem Gesichtsausdruck die Gewissheit, dass die schwebende Kugel keine Dekoration sein konnte.

Der Weitgereiste hatte fast die ganze Erde gesehen. Er mochte das Meer und konnte sich nicht sattsehen, wie es seine Küsten, in Streifen von dunklem Blau bis hin zu lichtem Türkis umrandete, als wäre das Land die größte Kostbarkeit. Die Vielfalt und Schönheit der Pflanzen und Tiere, waren für ihn Wunder.

Was ihm noch zu sehen übrig blieb, war die Besichtigung eines Orbit Bahnhofes. Den hatte er sich bis zum Schluss seiner Erdbesichtigung aufgehoben, weil er vermutete, dass es dort für ihn gefährlich werden könnte.

Einen dieser Bahnhöfe, fand er in der Wüste. Das riesige Areal mit Startrampe, Startbahn, Hallen und Gerüsten wollte nicht so richtig in die sonst einsame, windwellige Landschaft passen. In sengender Hitze, hinter einer Düne, meinte er ein gutes Versteck vor den besonderen Schutzeinrichtungen gefunden zu haben. Von Windböen belästigt peilte er die Lage. Seiner Einschätzung nach, stand ein Start kurz bevor. Von einer elektronischen Info Tafel im Terminal, war folgendes zu erfahren:

Erdumrundung für Touristen in 600 km Höhe
nächster Start - 21. Mai 2050 - 12:35
der Countdown läuft.........

Augapfel stellte sich vor, wie die aufgeregten Orbit Touristen jetzt hinter den schmucklosen Betonwänden bis zur Unkenntlichkeit einkleidet wurden. Wie man sie mit dem Bus durch Tunnel bis zum Aufzug brachte und in das Innere des Fliegers geleitete und wie sich einige wieder davon machen wollten. Schließlich und endlich, wie man den Rest der Passagiere an ihre teuren Plätze schnallte und verkabelte. Der Start ließ die Erde bis weit hin erzittern und hüllte auch den kleinen Planeten in heißes Gewölk.

Wehmütig ließ er noch einmal seinen Blick schweifen. Dann folgte er auf Umwegen dem Geschoss. Erst in der Phase der Erdumrundung näherte sich Augapfel den Touristen. Durch die runden Scheiben betrachteten sie sich eine Weile gegenseitig.

Nach kurzer Schock Starre trat das ein, was Augapfel voraus gesehen hatte. Die Menschheit geriet in allergrößte Aufregung.

Rund um den Erdball löste sein Erscheinen eine Welle verschiedener Alarme aus.

Zu spät! Längst hatte sich der Erdenbesucher auf und davon gemacht.

Der blaue Saphir

Erdtrabant schiebt Ozeane, planetar
im Takt
Gezeiten Spiel ovaler Runden
im steten Wechsel von sechs Stunden
Sonne mit im Springflut Pakt

Kriechend Meer spült triefend Säume
Wattgewürm in Muschelschalen
Seetang Strähnen, krause Quallen
am Horizont noch Wolkenträume

Sonnig oder Sturm Alarm
Mars schätzt ewig blauen Charme
Erde suhlt sich im wabernden Glanz
auch wenn darauf der Pilze Tanz

Stoisch wälzt sich Erde rund
samt Mensch und Fisch und Spatz
und Hund?

Der Milan

Milan wühlt im Federdress
als suche er nach seinem Ticket

Flug nach Barcelona

Sonne flutet ins Kabinenfenster
Unter uns zieht
ein Schiff seine Spur
wie durch gekräuselte Goldfolie
Stumpfe graue Bergkruste
bremst den Blick
Nach Andorra

Lila Tulpe

Lila Tulpe denkt
Wächst über sich und
über den Vasenrand hinaus

Der Zauberschlitten

Der Weg zum Haus ihrer Großmutter, führte am Grafenschloss vorüber. Lilla stellte die schwere Milchkanne ab und schaute zur ersten Etage hinauf. Wie so oft, stand des Grafen Töchterlein im geöffneten Fenster und ließ ihre feine Puppe vom Fenstersims hinab schauen. Sie selber blickte in die Ferne, so als sähe sie ein Pferd in der Luft tanzen. Lilla rieb ihre schmerzende Hand, ergriff den Henkel der schweren Kanne und ging seufzend weiter: „Ach wie gerne hätte ich auch so eine Puppe!" und dachte sich die herrlichsten Kleidchen und Hütchen für sie aus.

Die Großmutter lag zu Bett, sie war vor Wochen hingefallen. „Ach, da bist du ja, du braves Kind. Da gibt's ja bald mein Süppchen. Ach so ein Süppchen ist ein großes Glück!" rief sie schmeichelnd. Lilla öffnete das Fenster und ließ den Sonnenschein hinein. Dann entfachte sie ein Herdfeuer und setzte den Topf für die Mich darauf. „Was ist mit dir? Du bist so still und siehst traurig aus! Das kann doch noch kein Kummer sein, der dich so betrübt?" forschte die Großmutter. Das war täglich die gleiche Frage, auf die Lilla stets die gleiche Antwort gab: „Ach liebe Großmutter! Hätte ich doch auch so eine feine Puppe, wie des Grafen Töchterlein!" und wischte sich ein Träne fort. „Eine teure Puppe! Wie soll das möglich sein? Eure einzige Kuh ist dürr und klapprig. Du wirst bald erleben, dass sie immer weniger Milch geben kann!" wies die Großmutter sie zurecht.

Das Häuschen, in dem Lilla mit ihren Eltern wohnte, hatte längst die besten Jahre hinter sich. Die Fensterläden hingen schief in den Scharnieren, das Dach war an vielen Stellen nur notdürftig ausgebessert. Regen und Sonne hatten das Holz gebleicht und es gab keine Blume, die das Auge erfreute. Die Mutter trat ihr an der Tür entgegen und wischte sich an der Schürze die Hände ab: „Nun kannst du zur Quelle gehen, wir brauchen frisches Wasser!" Lilla wusch die Milchreste aus der einzigen Kanne und ging auf dem Weg durch den Wald bis zu einem Bergrücken, wo sich stets ein Wasserfaden durch den Felsen zwängt. Unter dieses Rinnsal stellte sie die Kanne und schaute sich um. Nach einer Weile meinte sie, zwischen den Bäumen einen Zwerg zu sehen, der einen Schlitten zog. „Was läuft ein Zwerg mit einem Schlitten hier durch den Wald!" wunderte sie sich und schlich hinterher. Der Zwerg sang immer das gleiche Lied und er sang es so wunderlich, dass Lilla erst beim dritten

Mal verstanden hatte: „Dingel, Dongel, Daxel, Kraxel! Hier bin ich Zwerg, hier bin ich Maxel! Für einen saftigen Wasserpunsch, erfülle ich geheimen Wunsch!" „Ein singender Zwerg!" fuhr es laut aus ihrem Mund. Der Zwerg drehte sich blitzschnell um." Wer schleicht da hinter mir her? Wer bist du! Was willst du?" schnarrte es unter seinem langen weißen Bart. Dazu blitzten kleine Augen lauernd unter buschigen Augenbrauen. „Jetzt bloß keinen Fehler machen. Der Zwerg scheint übel gelaunt zu sein und niemand ist in der Nähe!" dachte Lilla und antwortete vorsichtig: „Ach, ich wundere mich nur über deinen Schlitten und über deine Pelzmütze, in dieser Sommerhitze." Damit hatte sie wohl den richtigen Ton getroffen. Der Zwerg klinkte seine Daumen in die Pelzweste und lächelte: „Ich komme geradewegs aus dem Winter und wenn du errätst, wonach ich suche, hast du einen Wunsch frei." Hatte der Zwerg nicht von einem Wasserpunsch gesungen? Erinnerte sich Lilla und dachte an die Puppe, die sie sich wünschen könnte. Sie tat aber so, als müsse sie er nachdenken. „Tja, heute ist es sehr heiß. Ich denke du wünscht dir einen kühlen Trunk!" antwortete sie. Der Zwerg nickte erfreut. Lilla führte ihn zur Quelle und der Zwerg trank sich satt. „Was ich verspreche, halte ich. Nun hast du einen Wunsch frei!" sagte er dann.

Sie gingen eine Weile an der Felswand entlang. Dort wo das Gebüsch am dichtesten und die Dornen am kratzigsten waren, legte er den Zugang einer Höhle frei und zerrte den Schlitten hinein. Vor einem gähnend schwarzen Schacht blieb er stehen: „Wenn dir dein Wunsch immer noch wichtig ist, kannst du jetzt mit mir durch die Erde fahren. Auf der anderen Erdenseite, wird dir dein Wunsch erfüllt. Die Fahrt ist vier Düfte lang. Zuerst wird es nach Pfefferminztee duften, dann wird dir der Geruch eines Kaminfeuers in die Nase kriechen. Ist das vorüber wird es nach Schwefel stinken. Das Ende der Fahrt wirst du erkennen, wenn es nach Milchreis mit Zimt duftet." Während der Zwerg sprach, hatte ihm Lilla entsetzt in die glühenden Augen gesehen. Hatte sie richtig verstanden? Mit dem Schlitten durch die Erde bis auf die andere Erdenseite? Soweit? Mit einem fremden Zwerg durch diesen schauerlichen Schlund? Lilla bezweifelte seinen Plan und glaubte nicht an ihren Mut. Nach einer Weile meinte der Zwerg: „Liebes Kind! Deine Angst ist größer als dein Wunsch. Bitte halte mich nicht weiter auf. Gehe nun nach Hause!" Er grüßte noch höflich und wandte sich zum Ausgang. Da hielt Lilla ihn am Arm zurück.

Der Zwerg schob den Schlitten nah an den Schacht. Jedes seiner Worte hallte in der Tiefe nach: „Jetzt musst du mir ganz genau zuhören. Ich kann dir nur einen Wunsch erfüllen. Bedenke was dir wirklich wichtig ist. Während der Fahrt darfst du nur an diesen einen Wunsch denken, sonst wird nichts daraus. Lass dich von nichts ablenken!" mahnte er noch und bat sie, am Schlittenende Platz zu nehmen.

Der Zwerg sprang vorne in die Fahrerkabine und schrie drei Mal in den Höhlenschlund: „Dingel, Dongel, Daxel, Kraxel!" Als das letzte Echo verklungen war, fuhr der Schlitten los. Dunkelheit umfing sie wie eine muffige Decke. Das anfängliche Rattern und Poltern beruhigte sich mit steigender Geschwindigkeit. Genau wie der Zwerg versprochen hatte, duftete es nach Pfefferminztee. Lilla erinnerte sich an den Rat des Zwerges und dachte fest an eine feine Puppe. Sie stellte sich ihr Gesicht vor. Die Haarfarbe sollte so schwarz wie ihre eigene sein und ein Hütchen sollte sie tragen und ein langes Kleid, weiß mit violetten Blumen.

Plötzlich leuchtete es von den glühenden Kufen durch die Spalten der Schlittenbank und erhellte den ganzen Fahrschacht. Und ihre Puppe huschte aus ihren Gedanken über die buckelige Wandfläche dahin, als wäre sie lebendig. Aber von dieser Seltsamkeit wollte sie sich nicht ablenken lassen, deshalb wünschte sie sich noch eine Tasche dazu, die der Puppe umgehängt, bald mit von der Wand wehte. Sie rumpelten immer weiter durch die Erde, dabei wurde es heißer und stickiger. Gegen den Qualm, wie von einem Kaminfeuer, presste sie sich ihre Schürze vor das Gesicht. Doch gegen den Gestank wie von tausend

Zündhölzern konnte sie nichts machen. Vor Hitze schien ihr Körper im Fahrtwind zu brennen. In ihrer Angst dachte sie an die Eltern und an die Großmutter und auch an die dürre, klapprige Kuh, die bestimmt bald keine Milch mehr geben kann.

Wie erschrak Lilla, als sie die Schürze vom Gesicht zog und wieder auf die Wand schaute. Über das niedliche Gesicht der Puppe zog sich dunkles Fell. „Sieh doch Zwerg, die Puppe! Was geschieht damit?" schrie Lilla gegen die jagenden Tunnelwände. Der Zwerg gab keine Antwort. Nun zeigte die Wand ein Pelzgesicht mit einer dicken Nase, die so tat, als könnte sie ebenfalls den Duft von Zimt riechen, der nun den Tunnel erfüllte. Ein Kalb galoppierte an der Felswand entlang, bis der Schlitten langsamer fuhr. Nach einem Ruck schwiegen die säuselnden Kufen.

Auf der anderen Erdenseite war es dunkel und still. Sie wagte kaum zu Atmen. Durch die Öffnung der Höhle schaute der Mond. Lilla verließ ihren Sitz und schaute in die Fahrerkabine. Die Kabine war leer. „Zwerg, wo bist du? Bitte sag mit wo du bist!" bettelte Lilla, aber sie erhielt keine Antwort.

Im Licht des Tages suchte Lilla die Höhle nach der versprochenen Puppe ab. Der Zwerg schien sie hereingelegt zu haben. Lilla konnte sich nicht genug über ihre Dummheit ärgern. Traurig und verlassen wie sie war, wollte sie sofort zurück, aber sie wusste nicht wie. „Hatte nicht der Zwerg seinen Spruch dreimal in das dunkle Höhlenloch gerufen, bevor der Schlitten losfuhr?" fragte sich Lilla, aber sie konnte sich nicht mehr an die Worte erinnern. Traurig schaute sie vom Höhlenausgang in ein grünes Tal. Läge

Schnee, könnte sie mit dem Schlitten dorthin sausen, wo eine Rinderherde weidete. Dicke Regentropfen schreckten sie auf, sie platschten auf ihre Schuhe, hinterließen dunkle Kleckse auf dem Felsenvorsprung, dazu blitzte und donnerte es. Lilla ging zurück zum Schlitten und setzte sich. Gewitter mochte sie gar nicht.

Beim zweiten Donnerschlag sprang ein Kalb durch den Regenvorhang und preschte dicht an ihr vorüber. Vor dem Schacht blieb es stehen und drehte sich nach ihr um. „Sieht aus wie das Kalb von der Tunnelwand!" dachte Lilla. Der Boden der Höhle war mit trockenen Dunghaufen belegt. „Wenn das die Schutzhöhle der Herde ist, werden die Tiere gleich da sein!" dachte Lilla mit bangem Erwarten. Während sie schon schwere Rinderleiber den Weg hinauf schnauben hörte, flatterte der Zwergen Spruch in ihren Kopf zurück. Rasch setzte sie sich in die Mitte des Schlittens und rief: „Dingel, Dongel, Daxel, Kraxel!" aber der Schlitten machte nur einen kurzen Sprung nach hinten.

Das Kalb war näher gekommen. Neugierig beschnupperte es ihre Hände. „Als wenn ich jetzt dafür die Zeit hätte. Rückwärts! Der Spruch muss sicherlich rückwärts aufgesagt werden!" murmelte Lilla. Da donnerten die ersten Rinder in die Höhle. „Kraxel, Daxel, Dongel, Dingel!" heulte Lilla in den Höhlenschlund. Die Herde drängelte in die Höhle, aber sie war für alle zu klein. Unter die dumpfe Luft mischte sich säuerlicher Atemnebel. Die mächtigen Rinder hatten das Kalb schon bis zum Schlittenrand geschoben. Lilla rief ein zweites und ein drittes Mal: „Kraxel, Daxel, Dongel, Dingel!" dazu brüllte das Kalb ein unwilliges Muh und fiel vor Lilla auf den Schlitten. Bevor es sich aufrichten konnte, fuhr der Schlitten in den dunklen Schacht. Das Kalb tat keinen Muckser. Wie erstarrt lag es in Lillas Armen. „Ich hatte wohl zu lange an ein Kalb gedacht!" gab Lilla ins geheim zu und berührte vorsichtig ihren wolligen Passagier. Sie streichelte seinen Kopf und meinte, dass sein Atem dadurch langsamer und gleichmäßiger wurde. Schon jetzt hätte Lilla das Kalb mit keiner noch so feinen Puppe mehr tauschen wollen. Bronni, wollte sie es nennen.

Als die große Hitze im Schwefelgestank einsetzte, drückte Lilla ihre Stirn gegen den Kopf des Kalbes und sang ihm alle Lieder die sie kannte, ins weiche Fell. So überstanden sie den schwersten Teil der Fahrt. Im Pfefferminzduft hielt der Schlitten in der Höhle. Dort wo ihre abenteuerliche Reise begann. Lilla und Bronni sogen die frische Nachtluft ein. Sterne beleuchteten die krummen Wege zur Quelle.

Die Eltern hatten den ganzen Tag nach ihrer Tochter gesucht. Seit Beginn der Dämmerung saßen sie traurig an der Quelle und meinten nun ein Geräusch zu hören. Der Vater ging ein Stück des Weges hinauf. Die Mutter blieb neben der Kanne sitzen und horchte. „Sie erwarten mich!" freute sich Lilla, als sie ihre Eltern erblickte. Der Vater wollte schimpfen, beim Anblick des Kalbes blieben ihm vor Staunen, die Worte im Halse stecken. Die Mutter nahm Lilla stumm in die Arme. Bronni kümmerte sich um niemanden. Sie hatte die Quelle entdeckt.

.

Im bunten Glas

Mit der Gestaltung
im bunten Glas
wandert die Sonne
an der Wand entlang

Kiwi

Durchschnitten
die reife Frucht
Tropfen grünen Blutes
lassen Sinne ahnen

Unter glänzend´ Flächen
Stonehenges Kernen Kranz
Um eingelegte Sonnenstrahlen
nun der Löffel chromglatt höhlt
bis ihn die Schalen grenzen

Sekunden

Manchmal erreichen
Sekunden
als goldene Splitter ihr Ziel
oder
sie ziehen sich wie Fäden
aus heißer Bonbonmasse

Seine halbe Insel

Der Sommer war heiß und fast vorüber. Boris steuerte sein Auto über die Brücke der Saale, aus dem Radio dröhnte Musik. Dazu klopfte seine Hand den Rhythmus an den blauen Lack. Seit Wochen der erste pünktliche Feierabend. Er freute sich darauf.

Sprudelflasche, Flip-Flops und Zeitung, schon schlurfte er durch das Wohnzimmer ins Freie. Die Pflanzen lagen platt in der sengenden Sonne, ihre Art um Wasser zu betteln. Aber Boris wollte einmal nur so dasitzen. Er hielt sein Gesicht in die Sonne, hinter seinen Augenlidern flimmerte es rot. Beim Öffnen der Wasserflasche konnte er sich nicht gleich erklären, wieso die Erde durch blubbernde Kohlensäure ins Wanken geraten konnte.

Vor ihm brach der Boden. Erst löste sich das Naturstein Puzzle unter seinen Füßen, dann rutschten lärmend die Kiesplatten von der Garageneinfahrt in den aufgerissenen Schlund. Aus der Tiefe stieg Staubgewölk. Mit einer Gelassenheit, die er nicht an sich kannte, hielt sich Boris die Zeitung vor das Gesicht und drückte die Lagen fest unter das Kinn. Geröll kollerte und prasselte, dann wurde es still.

Gedanken krümmten und bäumten sich, als sammelten sie Kräfte, ihn samt Gartenstuhl in Sicherheit zu ziehen. Weil ihnen das nicht möglich war, suchten sie ihn zu beruhigen: „Ein vergessenes Bergwerk. Darin ein nicht verfüllter Erzstollen. Ein Tagebruch, wie er in dieser Gegend schon einige Male vorgekommen war!" Boris zog die Zeitung vom Gesicht und überwand einen Hustenreiz. „Nur nicht bewegen!" Auf seiner Halbinsel am Bruchrand, war nur Platz für diesen einen Gartenstuhl. Für den Moment wollte er ganz zufrieden sein, auch wenn seine Beine im Krater hingen.

Vor dem Haus endete der Asphalt, lief aber noch ein paar Kilometer als ein Feldweg bis zum Wald. Sonntags gehörte der Weg den Spaziergängern, heute war Mittwoch. Boris zermarterte sich das Gehirn. Ilse hatte ihm heute Morgen viel erzählt. Aber wann sie nach Hause kommen wollte, wusste er nicht mehr. „Aufschreien, möglicherweise an ihm herum zerren und ihn im Gerangel hinein stoßen, würde sie wahrscheinlich, wenn sie ihn so sähe!" dachte Boris und ihm brach der Schweiß aus. „Sie ist zum Spätdienst eingeteilt!" fiel ihm wieder ein. Nerven und viel Geld hatte sie ihm bis jetzt gekostet. Das Eigenheim war allein ihr Wunsch. Weil sie sich gegenseitig Sparsamkeit geschworen hatten, ließen sie den Traum Wirklichkeit werden. Doch Ilse lebte auf großem Fuß weiter.

Feiner Staub hatte sich auf alle Flächen gelegt, auch auf seinen Kopf. Das schränkte die Sonne, in ihrer Angriffsmöglichkeit ein. Sein blaues T-Shirt war jetzt ganz grau. Die Zeit schien still zu stehen. Er vermied den

Blick in den Kraterschlund, doch die Betrachtung seines Grundstücks an der Bruchfläche, erfüllte ihn mit Stolz. Die offen gelegte Tiefe, machte eindrucksvoll klar, dass der Hauskauf ein echtes Schnäppchen gewesen sein muss. Die obere Erdschicht, dunkel und feinkrümelig, kannte er von der Gartenarbeit. Die nächste Lage im modischen Terra Farbton, wies glitzernde Einschlüsse auf. Dann Grau, Grau und dann wohl das große Grauen. „Wie groß mag das Loch sein? Drei Meter im Durchmesser? Die Hälfte der Garageneinfahrt ist futsch. Und Prima, dahinter parkt mein Auto!" ging es ihm durch den Kopf.

Wie aus einem Traum riss ihn ein kurzer Kläffton. Er horchte auf. „Endlich! Da geht jemand Gassi!" freute sich Boris. Ulrich, der Nachbarjunge tauchte mit seinem Dackel am Wegrand auf. Vor dem Loch blieben sie stehen und stierten hinein. Der Hund bellte in den Krater. Der hohle Klang vervielfältigte sein Gekläff zu einer Meute streitender

Kampfhunde. Er äugte bellte und äugte immer wieder hinein. Obwohl er keine Feinde entdecken konnte, bellte er sich derart in Rage, dass sein Geifer beim hin- und her rennen, in alle Richtungen flog. „Nimm sofort den Hund da weg! Da lockert sich sonst noch mehr Gestein!" warnte Boris ins Getöse. Schwerfällig löste Ulrich seinen Blick aus der Tiefe.

Der Dackel hatte ein neues Ziel gefunden. Schnaubend raste er auf Boris zu, bis ihn die Leine stoppte. „Ist das eine Baugrube?" fragte Ulrich stoisch. „Gleich passiert was ganz Schlimmes. Bring den Köter hier weg! Nimm den weg da! Weg, weg, weg, aber sofort!" schrie Boris und fuchtelte gefährlich mit den Armen. „Ach sie! Sie können den Elvis nicht leiden. Zu Ostern haben sie ihn getreten, nur weil er ein kleines Loch in den Rasen gebuddelt hatte!" sagte Ulrich und schaute zum Krater. „Tut mir wirklich unendlich leid, kann ja auch sein, aber hole jetzt bitte, bitte Hilfe! Siehst du denn nicht wo ich sitze? Ich kann nicht mehr!" bettelte Boris. Widerwillig zog Ulrich den aufgeregten Hund zurück auf den Weg. Dort hörte sein Gebell auf. „Um Himmels Willen, du gehst ja in die falsche Richtung!" schrie Boris den beiden hinterher. „Elvis muss mal, der kann nicht solange einhalten!" rief Ulrich zurück. Boris zitterte vor Wut: „Männeken! Ich warne dich. Wenn du nicht sofort Hilfe holst, sage ich das der Polizei. „Ist doch keiner da, nur ich und der Elvis!" antwortete Ulrich und verschwand hinter den Brombeerhecken.

Die sich entfernenden Schritte hörten sich an, als hätte sich der träge Kerl in Trab gesetzt. Boris leerte die Sprudelflasche und warf sie missmutig in die Grube. Tief unter sich, nach einer Ewigkeit, hörte er das zarte Klirren von Glas. Der Krater war so tief wie das Entsetzen in Ulrichs Augen.

Zuversicht

Saat dörrt im Staub
Geritzt in krustige Haut
der stumme Schrei nach Regen

Da zieht der Himmel unters Blau
ein watteweiches Dunkelgrau

Flaschenpost

Gläserner Auftrag
schaukelt
auf den Wassern

In steter Erwartung
des erstaunten Augenblicks

Die gläserne Gondel

Auf der Insel der Glasmacher, wo tagein und tagaus die Schmelzöfen glühten, lebte vor langer Zeit ein Mädchen. Auch ihr Vater gehörte zu den fleißigen Männern, die aus flüssigem Glas zerbrechliche Kunst machen konnten. Wenn irgendwie möglich lebten Frauen und Kinder zum Schutz vor Feuer auf dem Festland. Marietta wohnte mit in der Glashütte, der Vater hatte wenig Zeit für sie. Zwischen dem Glashüttenmeer ragte nur die Basilika mit dem Glockenturm hervor. Drückte ein Kirchenbesucher die schwere Tür des Portals auf, schlüpfte Marietta mit hindurch. Es zog sie unter die goldene Kuppel, wo aus glitzerndem Mosaik eine Frau freundlich auf sie hinunter blickte. Ihr vertraute sie ihre Gedanken und Sorgen an, so verworren sie auch manchmal waren. Danach schaute sie den Fischern zu oder plantschte im klaren grünen Wasser der Lagune. In Vaters kleiner Glashütte, nahm sie neue Vasen und Trinkgefäße in Augenschein, die er zur Abkühlung auf die Regale stellte. In einem Loch der rohen Mauerwand steckte ein Haselnusszweig, daran hingen Glasglöckchen, die rot den Schein der Glut wieder gaben. Glasscheiben und Spiegel lagerten im Vorraum. Der größte Spiegel stand in einem geschnitzten Holzrahmen. Wenn sie sich manchmal im Festkleid ihrer Mutter davor stellte, betrachtete sie sich wie eine Fremde. Ein zehn jähriges Mädchen mit schwarzem, zerzaustem Haar und dunklen aufmerksam blickenden Augen. Zum Laufen raffte sie den blauen Brokat und schaute lange auf ihre erdverkrusteten Füße.

Eines Tages brachte das Versorgungsschiff Materialien. Viel mehr als sonst. Holz, weißer Sand, Säcke mit Steinchen und welche mit Kalk türmten sich im Vorhof. Der Schmelzofen zersprang bald vor Hitze. Von der Stirn des Vaters perlte Schweiß. Alsbald rollte er einen riesengroßen gläsernen Bottich zum Bootsschuppen. Hinter dem Ruderboot ließ er sein Meisterwerk zu Wasser und vertäute es sorgfältig wie eine Kostbarkeit. Von da an kreisten die Gedanken seiner Tochter um das gläserne Rund. „Ein geheimer Auftrag, niemand darf davon erfahren!" schärfte ihr der Vater ein und sah es nicht gerne, wenn sie im Bootsschuppen herum lungerte.

Irgendwann in der Nacht wurde Marietta von einem wundersamen Traum geweckt. Sie saß in einer gläsernen Gondel, die im grünen Wasser ihren eigenen Weg wusste. Die Fische des Meeres begleiteten sie und bewegten ihre Flossen im Takt klirrender Glasglöckchen. Auf den Wellen bauschten sich Wolken, die ringsherum geschlossen mitzogen. „Glasgeheimnis, Geheim, geheim!" flüsterten sie sich unentwegt zu!" Marietta setzte sich an den Bettrand und rieb sich die Augen. Der wundersame Traum kam ihr vor wie eine verlockende Einladung, das durchsichtige Boot auszuprobieren. Auf Zehenspitzen schlich sie in die Küche und stopfte den Brotbeutel mit Leckereien voll. Sie dachte auch an eine Wasserflasche. Vom Zweig in der Glasstätte streifte sie zwei verschieden große Glöckchen ab, ähnlich derer aus dem Traum. Im Bootsschuppen empfing sie moderige Luft. In dunklen Ecken gluckerte das Wasser. Marietta beugte sich tief über die Seile und löste die Knoten. Dann schob sie die Schale an den Holzsteg und stieg vorsichtig ins schwankende Glas. Mit dem Paddel von der Bretterwand abgestoßen, setzte sich das Gefährt in Bewegung, vom Wasser der Lagune murmelnd umspült. Dann war müdes Gebell das Letzte, was sie von der Insel noch wahrnahm.

Im rotschimmernden Licht des Tages band sie die zwei Glöckchen an den Regentropfen verzierten Rand des Glases. Sofort sangen sie ihr Lied und begrüßten die Sonne, die immer mehr von ihrer Rundung in den kirschroten Horizont schob. Die Lagune glitzerte wie ein flüssiger Smaragd. Unter dem gläsernen Boden schwammen Fische. Farbenfrohe und graue, runde und lange zogen vorüber. Sie brodelten aus der Tiefe hervor oder sie schwärmten heran. Bald so viele, dass sie sich gegenseitig störten. „Ob die Fische vom gläsernen Geläute angelockt werden, so wie im Traum?" fragte sich Marietta.

Sie schipperte an einer Insel vorüber, die war so klein, dass gerade ein Haus und ein paar Bäume darauf passten. Von einer Linie aus, auf den Kopf gestellt, spiegelte es sich sogar mit Blumenkästen und geöffneter Haustür auf dem glatten Wasser. Ein merkwürdiges Gesicht schob sich aus einem der Wasserfenster. Überrascht schaute Marietta hoch. Ein dunkelhaariger Hund, der seine Pfoten auf das Fensterbrett gestellt hatte, blickte neugierig auf sie hinunter. Ein Fischerboot kam ihr entgegen. Die Männer schauten verwundert und riefen: „Ist das nicht gefährlich? Brauchst du unsere Hilfe?" „Nein Danke!" rief sie ihnen zu. „Ich darf keine Zeit mehr verlieren. Ich bin auf dem Weg zum Doktor!"

Die Fischschwärme lösten sich auf und machten einem Thunfisch Platz. Der war fast so groß wie sie selber. Immer wieder riss der Dunkelblaue sein großes Maul auf und raspelte an der glatten Fläche der Durchsichtigkeit. Marietta wäre ihn gerne los geworden, aber er begleitete sie treu ergeben. Sie trank aus ihrer Flasche und griff in den Brotbeutel. Der Fisch schien jedes Stückchen getrockneter Birnen und jede der Rosinen genau zu betrachten. In der Mittagssonne heizte sich die Glaswandung auf. Nun hatte sie genug gesehen. Sie wollte nach Hause.

War ihr von der Hitze schwindelig oder ist das ein Strudel in den sie geraten war? Nach jeder langsamen Drehung sah sie auf einen langen Strand. An der Stelle wo er geöffnet war, konnte man bis auf das offene Meer sehen. Durch die Drehungen schraubte sich ihr rundes Boot in den Wasserweg hinein. Der Thunfisch tobte. Wieder und wieder peitschte er seine Flossen. Tauchte unter den Glasboden, bäumte sich im Wasserschwall und wälzte in der Luft, seinen silbrigen Bauch. Ihr Gefährt geriet einige Male gefährlich ins Wanken. Wasser spritzte, bis ihre Augen brannten. Aber dann sah sie sich, auf einen der Strandstreifen zusteuern.

Der Thunfisch war fort. Marietta brachte sich mit dem Paddel so weit, dass der Glasboden in Schüben des Wellenganges über den Sand des sicheren Strandes schabte und schlenkernd ins Stocken geriet. Ihre Beine fühlten sich durch das lange Sitzen wie taub an. Umständlich kletterte sie über die Glaswand und hielt sich zitternd an der Schale fest. Der Strand war Menschen leer. Boote mit geblähten Segeln rauschten durch die Meerenge, nah an ihr vorüber, doch die Matrosen zogen an allen Seilen, sie waren beschäftigt. Und in wallenden Segeltüchern verloren sich ihre Hilferufe. In der Dämme-

rung meinte sie von einem der Boote, ein Gesicht auf sich gerichtet zu sehen, aber auch das Boot sauste an ihr vorüber.
Bald umhüllte sie die Nacht. So hatte sie sich ihren Ausflug nicht vorgestellt. Ihr Gewissen meldete sich aus tiefer Angst. „Der Vater sucht mich längst auf der ganzen Insel!" dachte Marietta und versprach sich selbst, in Zukunft beim Kochen zu helfen. Sie wollte auch die Kammern und die Werkstatt ausfegen, wenn sie nur bald nach Hause könnte. Bedrückt starrte sie auf Lichter, die in der Ferne aus dem Dunst schimmerten. Die Nacht war kühl. Die Füße im Sand, hielten ihre Hände noch immer das gläserne Boot, sie durfte es nicht verlieren.

Jemand rief etwas. Marietta reckte den Hals und spitzte die Ohren. Ein dunkler Punkt formte sich. „Marietta! Marietta!" Ihr Herz klopfte bis zum Hals, sie hatte die dunkle Stimme ihres Vaters erkannt. „Hier bin ich! Hierher Vater!" rief sie ihm entgegen. Das Dunkle formte sich zu einem

Boot. Ungeduldig wartete sie, bis es endlich an den Strand glitt. Der Vater hüllte Marietta in eine Decke und nahm sie in seine Arme. Fast für eine Ewigkeit. Dann befestigte er die Glasschale an sein Boot und die Paddel tauchten wieder ins Wasser.

Das Gesicht des Vaters lag im Dunkel, doch Marietta meinte, seinen Blick auf sich gerichtet zu sehen. Seine leisen Worte zerrissen die Stille. „Meine Angst um dich war kaum zu ertragen. Unfassbar, dass ich dich in der Dunkelheit gefunden habe!" Dabei neigte er sein Gesicht und wischte sich an der Schulter die Tränen fort. „Er, der starke Mann weint!" dachte Marietta. „Entschuldige Vater. Bitte entschuldige! Ich wollte bald wieder zurück, aber mein Glasschiff fuhr nicht wie ich wollte!" schluchzte sie. „In meinem Traum schien das so einfach. Aber trotzdem. Wusstest du, dass das Wasser auch ein Spiegel ist und sich Häuser mit allem darauf, auf den Kopf stellen? Und wusstest du dass Thunfische, Kinder retten können?" Der Vater schüttelte den Kopf. „Ich weiß das jetzt!" sagte sie und kuschelte sich beim Vater ans Bein. „Vater! Das Boot aus Glas ist wirklich sehr fein. Aber warum hast du daraus ein Geheimnis gemacht?" „Das ist kein Boot. Das ist eine sehr wertvolle Glasschale. Der Auftrag zur Herstellung kam von höchster Stelle. Wenn niemand davon erfährt, darf ich vielleicht noch eine herstellen. Morgen wird in der Lagunenstadt ein wichtiges Fest gefeiert. Dann soll das Gefäß auf den großen Platz gestellt werden. Und stell dir vor, sie wollen sie bis zum Rand mit Limonade füllen." Marietta schaute überrascht hoch und fragte: „Voll Limonade? Sie feiern ein Fest? Sind auch Kinder eingeladen?" Der Vater nickte. „Aber das Kind von der Glasinsel haben sie gewiss vergessen!" Der Vater lachte. „Morgen früh werden wir beide das Gefäß ausliefern. Im Hafen vor dem Palast warten sie dann darauf und ich bin froh, dass es auf der Fahrt ins Abenteuer nicht zerbrochen ist. Du hast gut darauf aufgepasst. In Zukunft wirst du mich stets begleiten. Wohin ich auch fahren werde! Versprochen!" Marietta sprang jubelnd hoch, dann sank sie wieder in sich zusammen: „Wenn ich das mit der Limonade früher gewusst hätte, dann…!" „Dann?" fragte der Vater neugierig. „Dann hätte ich mir vor dem Einsteigen die Füße gewaschen. Kannst du auch buntes Glas machen?" „Buntes Glas?" wiederholte der Vater erstaunt. „Ja, in der Farbe der Sonne, einer Orange oder wie das Meer!" ergänzte Marietta. „Nein, das kann ich nicht! Wie sollte das möglich sein?" Sie hatten die Insel erreicht. Im Lichtstrahl eines erleuchteten Gebäudefensters erhellte sich sein Gesicht. „Er denkt nach!" freute sich Marietta, denn sie hatte die steile Falte neben der Augenbraue gesehen. Das war die Falte, die der Vater zum Nachdenken brauchte.

Am nächsten Morgen saß der Vater noch am Frühstückstisch und dachte er könnte seinen Augen nicht mehr trauen. Da stand seine Tochter mit glatt gekämmtem Haar vor ihm. Sie trug das Brokatkleid und es war nicht mehr zu lang. Sein Saum erreichte in ungleichmäßigen Zipfeln, blitzblank geschrubbten Füße.

Gegenüber von der Insel der Glasmacher lag die vornehme Lagunenstadt. Nirgendwo sah man prächtigere Gebäude. Marietta kannte die vordersten aus der Ferne. Nun fuhren sie durch Wasserwege ganz nah um die bunten Häuserzeilen herum. Die standen jeweils auf einer Insel. Und die Inseln waren durch Bogenbrücken mit einander verbunden. Auf der breiten Wasserstraße fuhren Gondeln und Segelboote. Matrosen und Gondoliere mussten sehr gut aufpassen, dass sie im Gedränge nicht zusammen stießen.

Genau wie der Vater gesagt hatte, warteten im Hafen vor dem Palazzo schon zwei Männer auf die Glasschale. Auf dem großen Platz schaute Marietta zu, wie sie das Glasgefäß wuschen und dann aus vielen Holzbottichen Limonade bis zum Rand hinein gossen. Sofort strömten Menschen herbei.

Bald tranken aus allen Schöpflöffeln, große und kleine Leute von der Köstlichkeit. Marietta hatte sich an den Rand des Platzes gestellt. So viele Menschen war sie nicht gewöhnt. Sie bewunderte die bauschigen, bunten Kleider; aber dann fiel ihr ein Junge im grünen Brokat Anzug auf, weil er so vornehm aussah. „Das ist der jüngste Sohn des Dogen!" raunten Stimmen im Vorüber gehen. Der Junge schien jemanden zu suchen. Ihre Blicke trafen sich. „Bist du das? Habe ich dich vom Segelboot gesehen? Am Strand neben einer Glasschale?" fragte er. Marietta nickte. „Du bist doch nicht etwa damit….? Oder doch?" „Ja doch, ich bin damit durch die Lagune geschaukelt. An diesem Strand war meine Reise gerade zu Ende!" Der Junge staunte: „Wie heißt du denn?" fragte er. „Komm mit, ich möchte dir den Palast zeigen. Da wohne ich nämlich!" und lief schon los. „Moment!" rief Marietta und verschwand in der Menge. Denn ab jetzt sollte der Vater immer wissen, wohin sie ging.

Die köstliche Luise

Hagel, Schnee und Sturm
Dürre, Schorf, Rost und Wurm

Eine Birne streng dagegen
nimmt sich Zeit und etwas Regen
Sie badet im Tau, schaukelt im Wind
ist im Geäst das einzige Kind
Lässt sich köstlich bunt bemalen
von den sanften Sonnenstrahlen

Bald fällt auf die Yogawiese
eine köstliche „Luise"

Das Kirschglas

In sprudelnden Sirup Fluten
drängeln sich Kirschen
zum besten Fensterplatz

Der Kauz

„Mittaaaaaaag!" schrillte eine Sirene aus dem Industriegebiet hinauf in die dritte Etage. Friederich, der gerade noch mit allen Sinnen im geheimnisvollen Londoner Nebel steckte, legte das Buch unwirsch beiseite. „Küchenarbeit! Ich hab´ sie nicht erfunden!" murmelte er und erhob sich umständlich aus einem abgewetzten Ohrensessel. Seit einigen Jahren lebte er allein in der Zweizimmer Wohnung, vollgestopft mit gemeinsamen Erinnerungen und einer kleinen Privatbibliothek. Die vielen Bücher hatte ihm eine Nachbarin freundlich aufgedrängt, weil sie ins Altersheim gehen wollte. Sie wusste wie gerne er las. Um der Druckwerke Herr zu werden, ohne dass sie ihn störten, stapelte er sie zu einer Mauer. In das entstandene Refugium passten Sessel, Tischchen und Stehlampe. Er las die Bücher so der Reihe nach, dass sich eines Tages der Durchgang von der Schrankwand bis Fensterwand verlagern wird. Die sprechende Stille wie sie aus guten Büchern steigt, sah er als noble Einladungen zu Abenteuern, ohne dabei den Sessel verlassen zu müssen. Mit einsamen Seglern eine Durststrecke über den Ozean überstehen oder im ligurischen Gebirge zwei Jahrhunderte zurück zu wandern, fand er großartig.

Die Wohnung verließ er nur bei gutem Wetter für einen kleinen Spaziergang, zum Lesen im Park oder um Lebensmittel zu beschaffen. Was und in welcher Menge er einkaufte, richtete sich nach der jeweiligen Weltfriedenslage. Dazu bediente er sich täglich drei verschiedener Nachrichtenquellen. Das war seine Art, derartigen Krisen zu begegnen. Damit nichts unbrauchbar wurde, kontrollierte er regelmäßig die Verfallsdaten. Zuteilungsreif gewordene Lebensmittel bestimmten den Speiseplan. Weiße Bohnen mit Ölsardinen, dazu ein Klecks Waldbeeren Gelee zu Mittag, waren keine Seltenheit. Keimten die Kartoffeln zu arg, gab es noch Püree dazu. Den vollen Regalen der Supermärkte misstraute er, weil er die Erinnerung an schlechte Zeiten in seiner Jugend nicht los werden konnte. Plötzlich sollte von einem Tag zum anderen, die Vorratsfläche der Verkaufstheke für alle Dorfleute reichen.

Eines Tages stellte ihn der Mangel an Frischkost vor ein Problem. Die ersten Warnzeichen ignorierte er, dann wurde er krank. Nach dem Aufenthalt in einer Klinik, wurde er zur Reha nach Bad Ulkus geschickt. Wie seltsam, dort schien die Sonne heller, waren die Bäume grüner und er staunte über Blumen, die bunter blühten. Dort kümmerte man sich überaus nett um ihn. Vor allem fiel die lästige Küchenarbeit weg. Hätten seine Tischnachbarn den köstlichen Speisen nur etwas mehr Beachtung geschenkt, er wäre restlos glücklich geblieben. Es ärgerte ihn, wenn sie nur darin herum stocherten und kaum angerührte Teller von sich schoben. Zu seiner Verwunderung wurde das Geschirr stets kommentarlos abgeräumt.

Am dritten Montag, verfolgte er den Gang der Speisereste bis in die Spülküche und musste feststellen, dass sie alle in einem Bottich landeten. Von nun an erschienen ihm die verordneten, kalten Wassergüsse angenehmer, als täglich von neuem Zeuge der Verschwendung zu werden. Er dachte wieder an seine kleinen Brüder, wie sie in ihrem Hunger den Schrank nach Krümeln absuchten. Und ihm fiel ein, wie sie einmal Brombeeren pflückten und sogar Honig fanden. Als schon ein Feuer im Herd lohte, und er den Marmeladentopf auf die Herdplatte gestellte hatte, schwankte der Vater durch die Tür. Er machte aus den Früchten Wein.

Zwölf Uhr Mittag. Mit schleppendem Gang und mürrischem Blick, strebte Friederich dem Speisesaal zu. Am Tisch rätselten sie schon eine Weile, was ihren Tischnachbarn derart bedrücken könnte. Mit nichts konnte man ihn aufheitern. Da erschien die Neue im schicken Sommerkleid und einem Lachen, dass über ihre Speckwellen hüpfen konnte. Fröhlich verkündete sie, Evita Plamm zu heißen.

In Erwartung einer guten Mahlzeit, schlug Friederich die Serviette auf. Nach der Suppe folgte der Hauptgang, eng begleitet von Frau Plamms detaillierten Informationen ihrer gesundheitlichen Probleme. Beim Dessert säuselte sie: „Man kann´s kaum glauben, aber diese Kastanien sind Kunstwerke. Sie sehen nur so aus wie Kastanien, aber kosten sie mal!" So öffnete sie knisternd eine Konfekt Schachtel und umrundete damit den Tisch. Friederich winkte dankend ab. Die Beschreibung ihrer Gallensteine war noch zu frisch. Er hatte sie schon zu deutlich als graue Gebilde zwischen seinen Kartoffeln liegen sehen; aber auch zerkleinert über Gemüse und Salat gestreut.

Tief über sein Kirschkompott gebückt, feilte er an einer Technik Töne zu unterbrechen. Bald huschte ein Lächeln über sein Gesicht. Ihr Geplapper, wohl möglich von gefüllten Blinddärmen, erreichte ihn nur noch in abgehackten Sätzen durch einen Geräuschvorhang, den er irgendwo im Innenohr schließen und öffnen konnte. Plötzlich schreckte er hoch. Frisch aufgenommen im Klub der aufheiternden Seelen, hatte ihm Frau Plamm wohl eine Kastanie zuwerfen wollen, doch sie landete im Kompott. „Oha! Verzeihen sie bitte, ich wollte ihnen doch nur eine kleine Freude bereiten!" meinte sie verlegen. Friederich wischte sich mit der Serviette über Kinn und Nase. Dann fischte er das Ding mit dem Löffel heraus, trocknete es ab und legte es sorgfältig zu den anderen Kunstwerken. Weiter machte er nichts, aber seine Hände zitterten.

Das Frühstück schien die impertinente Person verpasst zu haben, aber zum Mittagessen war die Tischrunde komplett. Nach der Suppe wurden Hühnerbeine mit Paprikagemüse und Reis serviert. Friederich behielt die heimtückische Frau Plamm im Auge. Wie geschickt sie Reiskorn für Reiskorn auf eine Gabelspitze spießte, zu Mund führte und gleichzeitig noch den Deckel des Pralinenkartons öffnen konnte, war bewundernswert. „Die nascht wohl unentwegt!" dachte Friederich noch, da schob sie unwirsch den Teller von sich, dass der unversehrte Geflügelschenkel zum letzten Sprung ansetzte. Ohne aufzublicken, betupfte sie ihre makellos gebliebenen Mundwinkel und lehnte sich mit einem Seufzer zurück.

Friederich troff der Schweiß von der Stirn. Das Maß war voll. „Was sind das hier für Leute? Unterziehen sie sich einem extravaganten Plan und man hatte ihn nicht eingeweiht?" fragte er sich im Stillen. Dass um ihn herum nur Patienten saßen, denen der gesunde Appetit noch fehlte, fiel ihm nicht ein. Als die Serviererin nahte, ging alles sehr schnell. Friederich sprang auf und riss der Erschrockenen den vollen Teller wieder aus der

Hand. „Was ist damit? Habe ich was falsch gemacht?" fragte sie ängstlich und suchte zwischen den Stuhlreihen das Weite.

Die Patienten der umliegenden Tische hatten sich vorgebeugt, um genauer beobachten zu können, was der graue, unscheinbare Mann nun weiter veranstalten wollte. Zunächst hielt er nur den Teller fest und schaute sich schnaufend um. „So verbissen, wie der aussieht, will er was durchziehen!" dachten die Zuschauer verhohlen.

Friederich hielt den Teller in die Höhe und verkündete mit vibrierender Stimme: „Sehen sie diesen köstlich gefüllten Teller? Wer als erster den Vornamen von Schiller sagt, hat ihn gewonnen." „Iss datt nitt der Keerl, der uns datt elend´ lange Gedicht von der Glocke eingebrockt hat? Hieß der nitt Fridderisch? Oder wie? Aber watt soll diese Raterei? Macht der Heizefeiz hier einen auf Fauch?" blaffte ein Beleibter vom Nebentisch. Friederich grinste und stellte dem Verdutzten rasch den Teller unter die Nase.

„Prima, datt gefällt mir, bin auf Diät!" rief der Gewinner fröhlich, packte das Hühnerbein und biss herzhaft hinein. Einige lachten, einige murrten. Friederich verbeugte sich vor dem Gewinner, dann schnappte er sich eine Kastanie und stopfte sie in seinen Mund. Der Weg zum Ausgang kam ihm endlos vor. Noch immer kauend, staunte er über das Wunder, das gerade seine Sinne erreichte.

Sofa am Kamin

Von dort aus, segeln in ferne Länder
wo Gischt die eine heiße Schläfe kühlt
Türkis trifft Felsen, sandige Ränder
blaues Meer in Linie durchwühlt

Da tauchen sie auf! Der Wale wohlig Schauer
zieht mit tausend Glitzersonnen über´s Boot
Im Graugewölk wird Wetter rauer
bis zum Kap mit stramm gezogener Schot

Wind hebt die Flügel. Um Felsenfaust in Eile
Tragtraum entweicht aus starrem Blick
Kilimandscharo sehen, für eine kleine Weile?
Zwei schnarchende Hunde sind mein Glück!

Auf Granit

Inspiration: Alexandre Dumas

Kurze rostige Kette verankert im
Granit
an seinem bitteren Ende
Eisenfessel mit Blutkrustigem
Luftzüge servieren Wasser und Brot
Durch den wachen Geist
huschen Fratzen des Unrechts
gestapelt zu Kissen

Gestalten rücken in die Finsternis
Hohle Falter sticken Glühwürmchen
auf buckelige Wände
Bröckelnde Ochsenaugen
lesen wieder und wieder zwischen den
Fugen
„Der Graf von Monte Christo"

Fünf vor zwölf

unter geborstenem Gemäuer
pochendes Herz
Rubine perlen durch Scherben
In klagender Stille
kribbelt die Zeit
Viele Hände schaufeln
Finden
pulsierende Schläfe

Minzel

Minzel lebte schon einige Zeit in lockerer Wohngemeinschaft mit Albrecht. Er hatte schon das ganze Vorstadtviertel nach einem trockenen und sicheren Schlafplatz überflogen, da sah er den alten Mann im geöffneten Fenster stehen. Dieser Mensch gefiel ihm. Seine große Brille, mit Gläsern so dick wie Butzenscheiben, ließen ihn wie eine Fliege aussehen. Drei Flügelschläge weiter und Minzel sauste über dessen kahlen Kopf ins Stübchen. Hier wohnte, schlief, badete und kochte der Mann, da würden bestimmt immer Speisereste zu finden sein. Sein Entschluss zum Bleiben stand fest.

Einige Zeit war vergangen. Sein schillernder blauschwarzer Fliegenleib hatte sich in stumpfes Grau verwandelt, seine glänzenden Flügel schienen wie von Schimmel überzogen. Minzel bemerkte nichts, Albrecht besaß keinen Spiegel, er ließ den Bart wachsen. Nur manchmal wunderte sich Minzel über die seltsamen Vorgänge im Flügelansatz. In der Stille der trockenen Stubenluft raschelte sein Flugmaterial wie Herbstlaub. Albrecht hingegen blieb Albrecht. Seinem faltenreichen Gesicht war nichts mehr hinzuzufügen.

Minzel lebte in Zufriedenheit. Mittags hockte er auf dem Schrank und wartete geduldig auf die Speisereste. Das Zeichen zum Abflug war die Gabel, die seinem großen Freund aus der Hand rutschte, bevor er in Schlummer versank. Nach dem Mahl flog Minzel stets zur Garderobenablage und ließ sich auf der Winterkappe nieder, die auch als Sommerkappe herhalten musste. In der ausgefransten ehemaligen Knopfmulde, hielt er seinerseits ein Mittagschläfchen. So gemütlich hätte es weitergehen können, doch da wurde ihre kleine Gemeinschaft gestört.

Es begann damit, dass seinem Freund nicht wie sonst die Gabel aus der Hand rutschte. Stattdessen stand er auf, holte eine grüne Flasche und ein Glas aus dem Schrank. Obwohl er den Verschluss mit aller Behutsamkeit öffnete, knallte und zischte es und der Korken schoss wie toll an die Zimmerdecke. Flüssigkeit schäumte ins Glas, aufs Wachstuch und tropfte zu Boden. Minzel scheute auf, zu vielen eckigen Flugrunden, dann flog er auf den Schrank zurück. Er musste schließlich wissen wie es damit weiter gehen sollte.

Albrecht erhob das Glas und näselte: „Glückwunsch du alter Zausel, mit dir trinke ich am liebsten!" Minzel war überrascht. Bis jetzt hatte Albrecht kein einziges Wort an ihn gerichtet. Vielmehr konnte er davon ausgehen, dass er bis heute unbemerkt geblieben war. Dazu bildete sich Minzel ein, dass er bei dem Trinkspruch kurz zu ihm hinauf geblickt hatte. Wie gerne wäre er zu ihm geflogen, aber seine Erfahrungen mit Menschen, hatten ihn zur Vorsicht erzogen.

Albrecht hatte sein Glas geleert. Den Kopf behaglich ans Sesselpolster gelehnt, vibrierten aus seinem Mund die üblichen Töne. Minzel zog es zum Tisch. Er wollte von den glänzenden Pfützen kosten. Vorsichtig wälzte er das erste Schlückchen, bis er es hinunter schlucken mochte. Der Geschmack war ihm gänzlich fremd, aber Einladung war Einladung, da wollte er nicht zickig sein. Nur die ihm zugedachte Menge fand er zu reichlich. Sein Freund würde das gewiss verzeihen. Mit weit gebreiteten Flügeln erhob er sich mit großer Dankbarkeit. Er fühlte sich großartig und so leicht. Übermütig legte er sich in alle Kurven, die in diesem Raum möglich waren. Völlig aus der Puste, aber mit einem Purzelbaum landete er in der Knopfmulde, dort schlief er sofort ein.

Als Minzel erwachte, lag er noch in der Knopfmulde; aber die Kappe saß auf dem Kopf seines Freundes. Und dieser Freund lief nicht durch die Stube, er ging mit ihm durch den Regen spazieren. Wie war das möglich? Er wusste von nichts. Minzel schwamm schon in der Knopfmulde, da schob sich vor ihnen eine Glastür auf. Albrecht riss sich die Kappe vom Kopf und schüttelte sie gründlich aus und Minzel landete unsanft auf dem Fußabstreifer. Es kam noch schlimmer, weitere Menschen drängten ins Gebäude. Minzel raffte sich auf und flüchtete im letzten Moment zur Fußleiste.

„Im Supermarkt darf keine Fliege sein!" Das machte man ihm unmissverständlich klar. Mit allem was patschte und Wind machte, jagten die Kassiererinnen hinter ihm her. Zum dritten Mal durch die Obstabteilung getrieben, ließ sich Minzel erschöpft in eine der geöffneten Weintraubentüten fallen.

Nun hatten die tüchtigen Frauen Minzel aus den Augen verloren. Er wartete noch ein bisschen, dann äugte er über den Rand der Traubenverpackung. Eine Kundin wog

Birnen ab, eine andere drückte ihren Finger in alle Tomaten, aber von Albrecht keine Spur. Im Blick die gefährlichen Kassiererinnen, machte er sich auf, seinen Freund zu suchen. Er wollte schon den Markt verlassen, da entdeckte er ihn in der Cafeteria an einem der Stehtische, vor sich einen Teller mit einem wunderfeinen Stück Kuchen.

Zögernd fanden Sonnenstrahlen den Weg durch die Wolken. Auf dem Parkplatz nahm Minzel wieder seinen Platz in der Mulde ein. Albrecht seufzte, weil ihm sein Geburtstagskuchen so gut geschmeckt hatte. Dazu brachte Minzel, zu seinem eigenem Erstaunen, ein kleines Echo zustande.

Das Spinnennetz

Meister fädelt Silbergarn
durch Laub und Dolden
hin und her
bis Netz eckig
doch auch rund
und
fadenscheinig
wünscht er sich
„Möge früher Tau
doch Perlen darauf sticken!"

In den Wänden die Zeit

Weinlaub flattert am bröckelnden Putz
Ranken klopfen bis ans Fenster
im Sessel gute Seele nickt
Gezacktes Blattwerk
wogt in wechselnden Reihen
zeigt
knorrige Adern
die das Gemäuer umarmen

Der Sommer stirbt in Rot
Laub tropft
Und bald gefriert
in den Wänden die Zeit

Das hohe Wasser

Fluss ufert
weit zu den Feldern
Bäume im festlichen Herbst
legen ihre Wipfel auf das hohe Wasser
Meise küsst im blanken Spiegel
erschrocken den verwunderten Wels

Natur feiert Frieden
Nur über dem Holzweg
treiben Splitter

Marliese

Vor langer Zeit lebte ein Mädchen in einer Hütte am See. Eltern, Geschwister und alle Menschen die sie kannte, waren an der Pest gestorben. Bald musste sie feststellen, dass sie feinste Bilder in den Sand malen, eine Kuh aus Lehm formen, aber nicht melken, Feuer machen oder kochen konnte.

Der Frühling kam noch kühl daher. Das Winterkleid ihrer Mutter tröstete und wärmte zugleich. Weil es zu lang war, stolperte sie über den Saum. Vor dieser Eleganz liefen Kühe und Ziegen davon und die Hühner blieben nur so lange, wie das Futter reichte. Nachdem sie bei sich nichts mehr zu Essen fand, suchte sie in den verlassenen Hütten. Zuerst naschte sie getrocknete Früchte. Dann füllte sie ihren Magen mit Obst,

Gemüse, Honig, Schinken, Wurst, Teeblättern, Marmelade und Mehlwasser. Leerte die Fässer mit Gurken, gesalzenen Fischen, Sauerkraut und Apfelsaft.

Als der Herbst heranstürmte, erntete sie das letzte Obst, dann gab es nichts mehr, bis auf die Fische im See. In Salz eingelegt, sind sie ein Leckerbissen, machte sich Marliese Mut und setzte sich mit einer Angelrute an das Ufer beim Häuschen, aber kein Fisch biss an. Um sie doch noch anzulocken, blieb ihr nichts anderes mehr übrig, als einen glitzernden Glastropfen in den See zu hängen, dem einzigen Schmuckstück ihrer Mutter. Ein paar Atemzüge später brodelte dort das Wasser. Ein grauer Riesenfisch erhob sich aus silbrigem Schaum und äugte seltsam schlau zu ihr hinüber. Marliese zog die Angelrute ein, der Fisch tauchte fort. Ein Wespenschwarm stürmte heran und tanzte als ein wabernder Turm über den Wasserkringeln, die der Fisch hinterlassen hatte. So verging der dritte Tag ohne den kleinsten Happen.

Wie ein silberner Teller, lag der See im Grün. Gänse hockten vor einem Baumstumpf, ihre Federn glänzten in der Sonne. Marliese setzte sich zu ihnen, das Kleid fest um ihren Körper gewickelt und weinte. Tränen liefen über ihre Wangen, tropften auf den Boden und bahnten sich um Grasbüschel einen Weg bis in den See. Da schwappten Wellen und ein goldener Riesenfisch tauchte auf. Als er das Mädchen sah, rief er freundlich: „Warum weinst du so? Wir hören dein Schluchzen bis in den Kraterschlund, nun möchten alle wissen was hier oben los ist!" Marliese wischte sich die Tränen ab und staunte über den Fisch, dessen Worte sie verstehen konnte. Der Fisch fragte ein zweites Mal: „Warum weinst du so?" Deine Tränen fließen wie ein Bach in den See." Kraftlos zog sich Marliese am Baumstumpf hoch und stellte einen Fuß ins Wasser: „Ich leide Hungerschmerzen und habe niemanden der mir helfen könnte!" und weitere Tränen kullerten zu Boden. Der Fisch wiegte seinen schweren Kopf: „Begleite mich in den See, dort bist du nicht mehr allein!" Dann sagte er nichts mehr. Marliese schaute sich um. Sie sah das Dorf mit den verlassenen Hütten und Wege, die sie wie dürre Arme umschlangen. Der Fisch schwamm näher, er roch nach Güte.

Über Marliese schloss sich das Wasser. Lange Gräser wiegten sich in die strömende Richtung. Aus Mulden, Farnen und Furchen lugten Fische heraus, die Vorwitzigsten schlossen sich an. So schwammen sie bis zu einer dunkle Wasserwand. Dort sammelten sich die Fische, als warteten sie auf etwas. Marliese näherte sich der Wand und betrachtete sie. Soweit sie schauen konnte, war da nur undurchsichtiges Dunkel. Erst steckte sie einen Finger, dann den ganzen Arm hinein. „Nein, nein nicht! Das ist zu gefährlich!" warnte eine der kleinen Brassen. „Da darf man nicht neugierig sein!" riet die Schleie. „Schau bloß niemals in die gruselige Finsternis!" schloss sich ein Barsch den Meinungen seiner Nachbarinnen an. „Warum? Ist dort noch mehr als Dunkelheit?" fragte Marliese. Nun flüsterte die Schleie: „Ja, ganz viel mehr! Da wohnt ein Finsterfloss. Viel zu oft glotzt er zu uns ins Licht, das jagt Schauer über unsere Rücken!" und schüttelte ihre Flosse. Ein Karpfen drängte sich dazu und erklärte: „In diesem See grenzt eine durchsichtige Hälfte an eine dunkle

Hälfte, aber wir wissen nicht warum." Marliese, die allen aufmerksam zugehört hatte, trieb allmählich rückwärts in die gefährliche Hälfte. Die Fische rissen vor Schreck ihre Mäuler auf, verbanden sich in all ihrer Verschiedenheit zu einem dichten, bunten Mosaik. Erst dann riefen sie nach dem Großen, der ihr Chef zu sein schien: „Zu Hilfe Goldfisch! Sonst isse gleich weg!" Aber da hatte der goldene Riesenfisch das Mädchen schon am Ärmel heraus gezogen. Nun wusste Marliese, dass es auch hier noch viel zu lernen gab und sie bat die Fische noch mehr von Finsterfloss zu erzählen. Die Fische verbanden sich wieder zu einem Schwarm. Allein der Name Finsterfloss, löste bei ihnen Alarm aus. Ein bemooster Hecht, hinter der Flosse einer Schleie flüsterte: „Der soll verwünscht worden sein. Aber frage uns bloß nicht seit wann und bloß nicht warum!" Der Karpfen fügte noch hinzu: „Wie gesagt. Hier weiß keiner nichts!"

Marliese merkte deutlich, dass sich die Fische durch ihre unvorsichtige Anwesenheit gestört fühlten. Nach und nach verschwanden sie in Geröllnischen und hinter Algenzäunen. Bald war sie allein. Die Wasserfläche über sich, sah aus wie die Hälfte eines Glastellers. Durch ihn fuhr eine weiße Wolke am blauen Himmel, bis sie im Uferdickicht verschwunden war.

War es hier die Stille, die netten Fische oder das samtige Wasser. Marliese fühlte sich leicht und sorgenfrei. Sie drehte Pirouetten, probierte Salto vorwärts, Salto rückwärts, tauchte weiter hinunter und dann noch weiter. Ein Lichtstrahl aus der Tiefe, der sie kurz blendete, weckte ihre Neugier. Zwischen zwei Felsbrocken, steckte eine grünlich leuchtende, halbe Glaskugel. Marliese zog sie vorsichtig heraus und fuhr mit der Hand über die Bruchstelle. „Das könnte des Rätsels Lösung sein. Die halbe Kugel beleuchtet nur den halben See. Aber wo mag die andere Hälfte sein?" fragte sich Marliese und suchte unter Blätterdächern, in Höhlen und hinter Felsen. Als sie eine der Algenmatten abklopfte, fühlte sie etwas Rundes unter dem Grün.

Da schossen plötzlich aus allen Felsspalten dunkle Schlangen hervor und scheuchten Marliese vor sich her. In ihrer Verzweiflung warf sie die leuchtende Halbkugel in das dicke, sich schlängelnde Bündel. Da verschwanden sie so rasch wie sie gekommen waren. Aber die halbe Kugel war noch im Wurf unterwegs. Marliese sah mit Sorge, wie sie einen Felsen streifte, die Richtung änderte und im dunklen Teil des Sees, mit ihrem Licht verschwand.

Um Marliese wurde es dunkel, dort in der anderen Hälfte wurde es grünlich hell. Sie konnte zum ersten Mal dorthin blicken, wo angeblich der Unheimliche leben soll. In seiner Seehälfte wuchs nicht das kleinste Blättchen, nur zerklüftete Felsen waren zu sehen. Im letzten Dämmerschein schwamm sie zurück zur Algenmatte. Nun sah sie das Licht schwach durch den Bewuchs schimmern und wusste wo sie graben könnte. Bald hielt Marliese auch die zweite Hälfte der Kugel in ihren Händen. Kaum hatte sie mit dem Kleidersaum den Belag abgewischt, da erstrahlte der ganze See in einem grünlichen Licht.
Oben herrschte große Aufregung. Die Fische hatten sich wieder zu Schwärmen

vereint und riefen: „Was sollen wir machen? Der Finsterfloss ist frei. Wir sind verloren." Der goldene Riesenfisch erblickte Marliese und winkte sie zu sich heran. Seine hektischen Bewegungen zeigten seine Verärgerung: „Wo warst du? Was hast du gemacht? Der ganze See ist jetzt hell erleuchtet und Finsterfloss ist frei und schwimmt auch in unserem Teil des Sees. Hast du etwas damit zu tun Marliese?"

Finsterfloss schwamm um sie alle herum. Eine Staffel Schlangen folgte ihm. Hier und da beulte sich sein Körper, sprengte Schuppen von der Haut, die bald im ganzen See verteilt schwebten. Als sich auch seine Flossen vom Körper lösten, bemühten sich die Schlangen, sie immer wieder in die Öffnung zurück zu stecken. Aber die Verwandlung ließ sich nicht aufhalten.

Bald schwamm ein junger Mann im See, an seinem Hals blinkte ein Glastropfen. Zunächst konnte er seinen Blick nicht von seinen Händen und Füßen lösen und jeder sah, wie sehr er sich darüber freute. Dann schaute er sich um und blinzelte in den Fischschwarm, aber die Fische versteckten sich blitzschnell im Algengebüsch. Finsterfloss rief: „Achtung Goldfisch! Bitte sage ihnen, dass sie keine Angst vor mir haben müssen. Ich bin jetzt wieder Justus! Ein Mensch!" Der Goldene näherte sich und fragte: „Justus? Wie bist du in den See geraten? Wer hat dich in diese üble Lage gebracht?" Justus antwortete: „Nur weil ich eine Kugel gebaut hatte, die im Dunklen leuchtete. Ich wollte Licht in meiner Hütte haben, wenn die Sonne untergegangen war. Aber die Leute fürchteten sich davor. Eines Nachts, brachen sie die Tür auf und schleppten mich zu diesem

See, stießen mich hinein und warfen die Kugel hinterher. Ich konnte noch sehen, wie sie an einem Felsen zerbrach, bevor mich Dunkelheit umhüllte."

Die Fische hatten alles mit angehört, jetzt verließen sie ihre Verstecke und starrten auf den Fremden. Justus wandte sich freundlich an sie: „Ihr hättet keine Angst vor mir haben müssen. Rohen Fisch mag ich nicht. Ich habe nur von den Pflanzen gelebt, die am Rand des Wassers wuchsen." Da jammerte der goldene Fisch: „Schade, dass wir erst heute erfahren haben, dass du ein Guter bist. Wir hätten Freunde werden können. Aber warum bist du immer im dunklen Teil des Sees geblieben?" Justus antwortete: „Wenn ich zu euch wollte, haben mich die Schlangen daran gehindert! Ihr habt sie ja gerade erlebt!" Der Goldene war untröstlich: „Und wir haben dich wie einen Feind behandelt, das tut uns so leid. Kannst du uns verzeihen?" Die Fische steckten ihre Köpfe in die Algen, so schämten sie sich. Auch Marliese senkte den Kopf. Deshalb konnte sie nicht gleich sehen, dass Justus zu ihr heran geschwommen war, den Glastropfen in der Hand: „Marliese! Bitte nimm! Ich bin so froh, dass ich jetzt wieder Hände habe, mit denen ich dir das feine Schmuckstück zurück geben kann." Marliese nickte erfreut: „Danke Justus! Vielen Dank. Das macht mich sehr froh. Aber ich denke, dass ich auch etwas habe, worüber du dich freuen kannst. Wenn du mir folgst, wirst du staunen!"

Am Grunde des Sees, leuchteten beide Kugelhälften grünlich herauf. Justus beugte sich hinunter, dann hielt er sie an der Bruchstelle zusammen: „Ich bin immer noch der Meinung, dass man davor keine Angst haben muss. Das war doch eine gute Erfindung. Aber mir hat die Kugel kein Glück gebracht. Wenn ich morgen meiner Wege gehe, bleibt sie hier." Marliese schaute überrascht auf: „Wenn du gehst, dann nimm mich bitte mit! Nicht wahr, du wärst froh, wenn ich mitkäme?" Justus lächelte: „Ja wir können gemeinsam gehen. Aber ob wir froh oder traurig werden, wird sich erst später zeigen!" Marliese nickte stumm und schaute hinauf in den hellen runden See.

Sie und er

Verschiedene Meinungen
gehören zum fruchtbaren Plan
der Ergänzung

Die karierte Reisetasche

An einem Montagvormittag stand das beschauliche Leben von Elsa Schmelzer vor einer Wendung. Elsa saß immer noch im Nachthemd am Frühstückstisch. Die Seiten der Tageszeitung wie zerknitterte Geschirrhandtücher über Tasse und Müsli ausgebreitet, klingelte es an der Haustür. „Wie man sieht, erwarte ich niemanden!" murmelte sie lächelnd und malte die nächste Zahl ins Sudoku. Als es zum zweiten Mal klingelte, fuhr sie mit den Händen durch`s blonde Haar und hängte sich eine alte Regenjacke über. So schlurfte sie zur Tür.

„Tach! Hab was für sie. Wenn sie mir bitte den Erhalt bestätigen wollen!" sagte der Kurier, stellte eine Reisetasche auf die oberste Stufe und hielt ihr geschäftig ein Display unter die Nase. „Wem soll denn bitte die Tasche gehören? Ich habe sie nicht bestellt!" antwortete Elsa und wollte die Tür gleich schließen. Aber der Bote schob die Tasche an den Türrahmen und bat freundlich: „Bitte sehen sie sich alles erst in Ruhe an und achten sie auf das Schildchen mit ihrem Namen. Die Adresse stimmt auch!" Die Tasche war derart zum Bersten gefüllt, dass sich das blauschwarz karierte Muster zur nächsten geometrischen Form verzerrte. „Ich sehe eine Reisetasche die gleich platzt, außerdem fehlt der Absender. Die nehme ich nicht!" sage Elsa mit Bestimmtheit. „Ratsch!" da hatte der Bote den Reißverschluss wohl angetippt, der fuhr von alleine auf und aus dem Spalt quollen weißer Tüll und Seide. Obenauf lag ein Brief. „Liebe Elsa!" las der Bote ohne das Papier berührt zu haben: „Wollen sie mir nun den Erhalt bestätigen?"

Elsa unterschrieb und schloss nachdenklich die Tür.

Das lange prächtige Kleid sah wie ein Brautkleid aus. Noch hinter der Eingangstür las sie den Brief, ihre Wangen brannten: „Liebe Elsa! Ich kann mir Deine Verwunderung gut vorstellen. Das Kleid ist ein Hochzeitskleid und müsste Dir passen. Es könnte Dein Leben verändern. Am Mittwoch findet in der einzigen Galerie auf der Marktstraße, gegen achtzehn Uhr, die Eröffnung einer Gemälde Ausstellung statt. Dort könntest Du dein Glück finden. Sei offen für Neues. Nur das Beste ist gut genug für Dich. Mit lieben Grüßen xxx!"

Elsa ließ sich zitternd in ihren einzigen Sessel fallen und schloss die Augen. Gedanken rasten und änderten die Richtung, passend dazu tigerte sie im winzigen Apartment herum. „Was soll das denn?" fragte sie laut. Sie mochte ihr Leben wie es war. An die Arbeit im Seniorenheim hatte sie sich gewöhnt, auch wenn sie oft am Wochenende Dienst hatte, dafür war montags frei. Jemanden kennen lernen wollen, wäre tatsächlich schwierig. Internet Bekanntschaften kamen nicht in Frage und wer wollte schon einen Montagsmann. Ihre Ruhe war dahin. Immer wieder betrachtete sie sich im Spiegel. Lockenkopf, blaue Augen, rundes Gesicht, das war in Ordnung. Und das Kleid war so raffiniert geschnitten, dass die Speckwelle irgendwo im Tüll verloren ging.

Nach der darauf folgenden, schlaflosen Nacht hatte sie beschlossen nicht in die Galerie zu gehen. So mit diesem Thema abschlossen, verlief der Dienstag wie sonst. Die alten Leute freuten sich über ihre Gegenwart, die Arbeit machte Spaß. Am Mittwoch kam sie gegen achtzehn Uhr nach Hause. Sie öffnete ihre Tasche und zog eine Salat Box heraus, die sie sich aus dem Supermarkt mitgebracht hatte. Sie kaute noch den ersten Bissen, da sprang sie hoch und rannte zum Kleiderschrank. Nichts war mehr schick genug. „Zu eng! Zu unmodern! Macht blass! Sieht aus wie ein Wischmopp!" kommentierte sie ihre bescheidene Auswahl. Schließlich rannte sie in Jeans und türkisblauem Glitzerpullover aus dem Haus. Die Flanelljacke zog sie sich beim Stopp an der Fußgänger Ampel über. Ihr Herz klopfte nicht nur vor Aufregung, sie war den Weg bis zur Galerie gerannt.

Im hellen großen Raum standen viele extravagant gekleidete Menschen, die dem Vortrag eines weißhaarigen Mannes lauschten. Vermutlich hatte er schon über den Maler, dessen Leben und über seine verschiedenen Ausstellungen berichtet. Sie hörte nur noch letzte abrundende Sätze. Nach dem Applaus klopfte er dem jungen Mann, der neben ihm gestanden hatte wohlwollend auf die Schulter und schüttelte ihm die Hand. Die zusammengerückte Gruppe löste sich auf. Elsa fand einen Platz vor einem Gemälde. Der Maler hatte den Blick durch ein Fenster aus großer Höhe so gut dargestellt, dass es ihr den Magen umdrehte. Rasch wollte sie ein Gemälde weiter rücken, das stand der Hochgelobte vor ihr: „Danke für ihr Interesse an meinen Werken. Hoffentlich haben sie viele Fragen, damit ich sie beantworten kann!" „Ach ich! Ich bin nur zufällig hier, das festliche Licht hat mich herein gelockt Aber ihre Gemälde sind fein." „Das freut mich sehr!" lächelte der Maler sich in Elsas Herz. „Ja wirklich!" antwortete Elsa und schaute noch einmal genauer aus dem Fenster in die Tiefe. „Sagen sie bitte, könnte es sein, dass im Seniorenheim auf der Weststraße ebenfalls ein Gemälde von ihnen hängt?" Der Maler wollte schon antworten, da legte Elsa nach: „Das mit der auslaufenden Ölflasche, meine ich!" „Ja! Ja das stimmt! Sie scheinen Expertin zu sein. Von wegen, festliches Licht, das kann ich jetzt nicht mehr glauben!" sagte er mit spitzbübischem Lächeln. „Expertin bin ich leider nicht, aber ich arbeite dort. Die alten Leute lieben das Bild. Die Frauen freuen sich, dass sie die Pfütze nicht aufwischen müssen und die Männer diskutieren plötzlich über Autos und Rasenmäher. Eine verwirrte Frau hielt sogar neulich ihre Kaffeetasse darunter." So unterhielten sie sich fröhlich bis eine junge Frau mit einem Tablett an sie herantrat, auf dem sie gefüllte Sektgläser balancierte: „Danke meine Liebe!" sagte der Maler.

Elsa fand, dass sie nun die Galerie verlassen könnte. Auf dem Weg zur Tür, sah sie einen Mann aus dem Dunkel in die Fenster der Galerie schauen. Irgendwie kam er ihr bekannt vor. Auf dem Trottoir ging der Mann gleich auf sie zu: „Wahrscheinlich kennen sie mich nicht, aber ich sehe sie jeden Tag, wenn sie draußen Rollstuhl schieben. Kellermann, ich bin arbeite in der Werkstatt des Optikers. Stellen sie sich vor, gestern erhielt ich einen Brief mit der Empfehlung, heute in diese Galerie zu gehen!" „Was? Sie auch?" gab Elsa zu, aber vom Brautkleid erwähnte sie nichts. Herr Kellermann schüttelte den Kopf. „Da erlaubt sich wohl jemand einen Scherz mit uns. Ich interessiere mich nicht die Bohne für Gemälde, deshalb bin ich nicht hinein gegangen. Ist ja auch egal. Aber was halten sie von einem kleinen Spaziergang?"

Kellermann und Elsa lernten sich nicht in der Galerie, sondern davor kennen. Aber der Plan ging auf, den die junge Psychologin für die beiden gemacht hatte. Wie Elsa, arbeitete sie ebenfalls in dem Heim. Bei Bedarf wurde sie angefordert. In ihrem kleinen Büro hatte sie beste Sicht in den Park. So war ihr aufgefallen, dass dieser Optiker sich nicht vom Fenster bewegte, wenn Elsa mit einen der Heimbewohner spazieren fuhr. Das Brautkleid in der karierten Reisetasche war ihr eigenes Brautkleid. Sie ahnte, dass es Elsa passen könnte. „Gibt es denn was Besseres, als das Glück für andere zu schmieden, wenn sich dafür eine Gelegenheit findet?" fragte sie sich und schlug froh ein dickes Fachbuch auf.

Erste Eisblumen

Aus dem Hauch
des späten Herbstes
Erste Eisblumen
an Fensterscheiben
gelehnt

Der Schnitzer

Sie und er bei Kälte warten
vor dem Haus auf den Besuch
Da schaute er in seinen Garten
und sie fror in ihr woll´nes Tuch

„Siehst du den Ast? Der ist zu lang!
Den werde ich gleich morgen sägen!"
„Ein Ast vom Birnbaum?" fragt sie bang
„An diesem ist mir viel gelegen!"

Er sagt: „Mir ist, als steckten
darin Nelken
Ziegen, Wasserbüffel, Pferde
Blumen, die uns nicht verwelken
mit einer wilden edlen Herde
Von mir geschnitzte Hörnerstirne?
Oder wirklich nur die Birne?"

Eisig Land in Klarsichtfolie

Nieselregen
in frostgrober Hand
lackiert die Landschaft
Glitzernd mächtigt Eisesglätte
sich der langen Wagenkette
Verhohlene Kräfte zerren
Kurvenziele sperren

**Märchen * Kurzgeschichten
Gedichte**

**überraschend * humorvoll
nachdenklich**

Für Junge und Alte und Mittelalte
Für das Kino unter den Gehörgängen
Für Vorleser
Für Feinschmecker
Für Taschen
Für Leseratten
Für Himmelgucker
Für Leute im Zug
aber vor allem im Bus
Für Puppenmütter
und Plüschtierväter
Für Reisende
Für Hüftoperierte

Für Uhrmacher
Nicht für Angler
Für Opernfreunde
Für die Bewunderer der Erde
Für Halbinsulaner
Zum Kühlen der Stirn
Nicht für Wasserscheue
Für junge Fußballer
Für die Mittagspause der Hausfrau
Für Schnitzer
Nicht zum Eisblumen Pressen
Ja! Auch für Dirigenten
Für Störche
und für alle die Lila und Blau mögen